CATALOGUE

DES LIVRES

BIBLIOTHÈQUE

DE FEU M. LE MARQUIS DE L***

MEMBRE DE L'INSTITUT

DONT LA VENTE AURA LIEU

Le lundi 12 février, et les cinq jours suivants,
à deux heures précises

Hôtel des Commissaires-Priseurs, rue Drouot
Salle n° 7, au premier

Par le ministère de Me DEBOURG, commissaire-priseur
Rue Laffitte, 9

Cette bibliothèque est composée principalement de : Livres de LINGUISTIQUE (langues romanes, langue française, langues teuto-gothiques). — POÉSIE (poésie française, romans, chroniques, légendes en vers, troubadours, trouvères et autres poètes jusqu'au quinzième siècle). — Poètes français depuis Villon. — Ancienne poésie allemande. — *Romans de chevalerie.* — Théâtre. — Facéties. — Philologie. — HISTOIRE de France, de Paris et des provinces. — Chevalerie, noblesse, blason. — NOMBREUX OUVRAGES SUR LA NUMISMATIQUE. — Histoire littéraire. — Recueils. — Collections, etc., etc. — *Livres d'heures manuscrits et imprimés.*

PARIS
AUGUSTE AUBRY
LIBRAIRE DE LA SOCIÉTÉ DES BIBLIOPHILES FRANÇOIS
Rue Séguier, Saint-André-des-Arts, **18**

1877

LA VENTE

DES

MONNAIES, MÉDAILLES

ET ANTIQUITÉS

DU CABINET DE M. LE MARQUIS DE L***

AURA LIEU

HOTEL DES VENTES, RUE DROUOT

Salle nº 7, au premier

Les 19 et 20 février à deux heures

EXPOSITION : LE 18 FÉVRIER

Par le Ministère de Mᵉ DUBOURG, commissaire-priseur

Assisté de MM. ROLLIN et FEUARDENT, experts

Paris. — Typ. Georges Chamerot, rue des Saints-Pères, 19

CATALOGUE

DE LA

BIBLIOTHÈQUE

DE FEU M. LE MARQUIS DE L***.

Exposition publique *chaque jour de vente, de une heure à deux heures.*

ORDRE DES VACATIONS.

Première vacation. — *Lundi* 12 *février* 1877.

N°s 12 à 157

1 à 11

Deuxième vacation. — *Mardi* 13 *février.*

158 à 335

Troisième vacation. — *Mercredi* 14 *février.*

336 à 494

Quatrième vacation. — *Jeudi* 15 *février.*

495 à 659

Cinquième vacation. — *Vendredi* 16 *février.*

660 à 820

Sixième vacation. — *Samedi* 17 *février.*

Quantité de livres non catalogués.

CONDITIONS DE LA VENTE.

Elle sera faite au comptant.

Les acquéreurs paieront 5 p. % en sus des adjudications.

Les réclamations devront être faites, au plus tard, dans les vingt-quatre heures qui suivront l'adjudication; passé ce délai, les articles adjugés ne seront repris pour aucune cause.

Tous les articles au-dessous de douze francs ne seront pas repris pour taches, piqûres ou autres défectuosités.

M. A. Aubry, chargé de la vente, remplira les commissions des personnes qui ne pourraient y assister.

Paris. — Typographie Georges Chamerot, rue des Saints-Pères, 19.

CATALOGUE
DES LIVRES

DE LA BIBLIOTHÈQUE

DE FEU M. LE MARQUIS DE L***

MEMBRE DE L'INSTITUT

DONT LA VENTE AURA LIEU

Le lundi 12 février, et les cinq jours suivants,
à deux heures précises

Hôtel des Commissaires-Priseurs, rue Drouot
Salle n° 7, au premier

Par le ministère de Me DUBOURG, commissaire-priseur
Rue Laffitte, 9

Cette bibliothèque est composée principalement de :
Livres de LINGUISTIQUE (langues romanes, langue française, langues teuto-gothiques). — POÉSIE (poésie française, romans, chroniques, légendes en vers, troubadours, trouvères et autres poëtes jusqu'au quinzième siècle). — Poëtes français depuis Villon. — Ancienne poésie allemande. — *Romans de chevalerie.* — Théâtre. — Facéties. — Philologie. — HISTOIRE de France, de Paris et des provinces. — Chevalerie, noblesse, blason. — NOMBREUX OUVRAGES SUR LA NUMISMATIQUE. — Histoire littéraire. — Recueils. — Collections, etc., etc. — *Livres d'heures manuscrits et imprimés.*

PARIS
AUGUSTE AUBRY
LIBRAIRE DE LA SOCIÉTÉ DES BIBLIOPHILES FRANÇOIS
Rue Séguier, Saint-André-des-Arts, **18**

—

1877

CATALOGUE

DE

LIVRES ANCIENS ET MODERNES

COMPOSANT LA

BIBLIOTHÈQUE DE FEU LE Mis DE L.

THÉOLOGIE.

1. Biblia. *Basileæ, per Johannem Froben de Hammelburck*, 1491, in-8, goth. v. rel. anc.

Premier ouvrage publié par Froben.

2. Biblia sacra, sumptibus Andreæ Brugiotti. *Romæ, apud hæredes B. Zannetti*, 1624, 7 vol. in-16, mar. br. fil. tr. dor. rel. anc. *Petites vignettes sur bois.*

Bel exemplaire, réglé.

3. Sainte Bible, contenant l'Ancien et le Nouveau Testament, avec un commentaire littéral par le R. P. de Carrières. *Paris*, 1750, 6 vol. in-4, v. m. *Front. gr.*

4. Novum Testamentum (græcè). *Lugd.-Batav., ex offic. Elzeviriorum*, 1633, 1 vol. en deux parties in-8, anc. rel. mar. r. fil. tr. dor. (*Armoiries sur les plats.*)

5. Les quatre livres des Rois, trad. en françois du XIIe siècle, publié par Le Roux de Lincy. *Paris, Impr. roy.*, 1841, in-4, demi-rel. v. bl. (A.)

NOTA. Pour éviter de nombreuses répétitions, nous avons indiqué par la lettre (A) les ouvrages revêtus des armoiries de la famille.

6. L'Imitation de Jésus-Christ, trad. du R. P. de Gonnelieu. *Paris, Janet,* 1818, in-8, mar. bl. fil. dent. tr. dor. *Figures d'Horace Vernet.* (A.)

7. HORE Christifere Virginis Marie secundum usum Romanum... cum illius miraculis, etc. *Simon Vostre.* (Almanach de 1508 à 1528), gr. in-8, goth. de 99 feuillets, figures et bordures, rel. du XVIIe s. en v. m. tr. d.

Un des plus beaux livres d'heures de S. Vostre. Vingt-trois grandes planches et 31 petites vignettes finement coloriées et rehaussées d'or, encadrements à sujets et nombreuses lettres tourneures. Au bas de chaque page de la Danse des morts, se lisent des vers français qui ne se trouvent pas dans les autres éditions de S. Vostre. Exemplaire sur peau vélin, d'une conservation parfaite. Incomplet de trois feuillets dans le cahier signé E.

8. LIVRE D'HEURES. Gr. in-8 de 150 feuillets, rel. anc. en bois recouvert de veau gaufré à froid, fermoirs.

Beau manuscrit du XVe siècle, sur vélin, orné de *douze grandes miniatures* finement exécutées, et de nombreuses initiales et ornements en couleurs rehaussées d'or. Presque toutes les pages sont entourées de gracieuses arabesques en or, chargées de fleurs, d'oiseaux et d'animaux fantastiques.

9. LIVRE D'HEURES du XVe siècle en flamand. In-8 de 175 feuillets, reliure en bois et basane. (*Un feuillet coupé.*)

Manuscrit sur vélin fin, enrichi de six grandes lettres gothiques, entourées de bordures finement peintes et rehaussées d'or, plus trente lettres moyennes avec encadrements simples à feuillage.

10. LIVRE DE PRIÈRES en hollandais, du XVe siècle. In-8 d'env. 115 ff. demi-rel.

Manuscrit sur vélin avec 36 pages ornées d'encadrements et de grandes lettres en or et couleurs.

11. PROCESSIONNAL du XVe siècle. Gr. in-8, reliure du temps en bois et v. gauf.

Manuscrit sur papier, entièrement composé de chants religieux avec musique notée.

12. Philosophumena, sive Hæresium omnium confutatio, opus Origeni cum notis P. Cruice. *Parisiis, Typ. imp.,* 1860, in-8, br.

13. Dictionnaire iconographique des figures, légendes et actes des Saints, par Guénebault. *Paris, Migne*, 1850, gr. in-8, demi-rel. bas. bl. (A.)

14. Études philosophiques sur le Christianisme, par Aug. Nicolas. *Paris*, 1852, 4 vol. in-12, demi.-rel. bas. bl.

15. Nouvelle Vie de Jésus, trad. de l'allem. de Strauss, par Nefftzer et Dolfus. *Paris, Lacroix, s. d.*, 2 vol. in-8, br.

16. La Vie et les miracles de saint Antoine, abbé. *Troyes, Garnier, s. d.* — La Grande Bible renouvelée, ou Noëls nouveaux. *Troyes, Garnier, s. d.* Ens. 2 vol. in-12, demi-rel. bas.

17. Les Livres des miracles et autres opuscules de Grégoire, évêque de Tours, trad. par Bordier. *Paris, Renouard*, 1857, 4 vol. in-8, br.

18. Histoire chronologique et dogmatique des Conciles de la chrétienté, par Roisselet de Sauclières. *Paris, Mellier et Vivès*. 1844-55, 6 vol. in-8, demi-rel. v. f. n. rog. (t. I-VI).

19. Histoire du Protestantisme à Strasbourg et en Alsace, par le Vte de Bussierre. *Paris*, 1856, in-8, demi-rel. bas. (A.)

20. Traité des Berakhoth, du Talmud de Jérusalem et du Talmud de Babylone, par Moïse Schwab. *Paris, Impr. nat.*, 1871, gr. in-8, br.

21. L'Alcoran de Mahomet, translaté d'arabe en françois, par le sieur Du Ryer. *A Paris, chez Ant. de Sommaville*, 1672, pet. in-12, demi-rel. ch. r. (A.)

JURISPRUDENCE.

22. Ordonnances des rois de France de la troisième race, par Pardessus, *Paris*, *Impr. nat.*, 1849, in-fol. br. (tome XXI). — Table chronolog. des ordonnances des rois de France, par Pardessus. *Paris, Impr. roy.*, 1847, in-fol. br.

23. Ordonnances, tableau des successions, coutumes de Paris, règlements sur les matières ecclésiastiques. *Paris*, *Le Boucher*, 1785-88, 14 vol. in-18, maroq. rouge, fil. tr. dor. rel. anc.

24. Code général français, par Desenne, 1818, 22 vol. in-8, br.

25. Code d'instruction criminelle autrichien, trad. et annoté par Bertrand et Lyon Caen. *Paris*, *Impr. nat.*, 1875, gr. in-8, br.

26. Annales du Parlement français, par une Société de publicistes. *Paris*, 1839-47, 8 vol. in-4, br.

27. La Faillite d'après le Droit romain, par Vainberg. *Paris*, *Impr. nat.*, 1874, in-8, br.

28. Histoire du droit dans les Pyrénées (comté de Bigorre), par de Lagrèze. *Paris*, *Impr. imp.*, gr. in-8, demi-rel. ch. n.

29. Fors de Béarn, législation inédite du XIe au XIIIe siècle, avec trad. en regard, notes et introd. par Mazure et Hatoulet. *Pau*, *s. d.*, in-4, demi-rel. ch. n. (A.)

30. Droit musulman. Recueil de lois concernant les musulmans Schyites, par A. Querry. *Paris*, *Impr. nat.*, 1871, gr. in-8, br. (*tome Ier*).

SCIENCES ET ARTS.

I. PHILOSOPHIE. — POLITIQUE. — SCIENCES NATURELLES, ETC.

31. Dictionnaire universel des Sciences, des Lettres et des Arts, par Bouillet. *Paris, Hachette*, 1857, gr. in-8, perc.

32. Histoire de la Philosophie en France, par Gatien Arnoult (Période gauloise). *Paris, Durand*, 1858, in-8, demi-rel. bas. (A.)

33. OEuvres de Sénèque (le Philosophe), avec la traduction de la collection Panckoucke. *Paris, Garnier*, 1860, 4 vol. in-12, demi-rel. ch. r.

34. Polydori Vergilii de Rerum inventoribus. *Lugduni, apud Boyerium*, 1560. — Macrobii in sommium Scipionis et Saturnalia. *Lugduni, apud Gryphium*, 1585. Ens. 2 vol. in-16, demi-rel. v. f. (A.)

35. Le Livre du chevalier de la Tour-Landry, pour l'enseignement de ses filles, publ. par Anatole de Montaiglon; *Paris. Jannet*, 1854, pet. in-12, demi-rel. chagr. bl. (A.)

36. Les Essais de Michel de Montaigne. *Amst.*, 1781, 3 vol. pet. in-8, v. m. *Portrait.*

37. De la Sagesse, trois livres, par P. Charron. *A. Leide, chez J. Elsevier, s. d.*, pet. in.12, v. f., fil., tr. dor. titre gravé. (A.)

38. OEuvres complètes de Malebranche, publ. par de Genoude et de Lourdoueix. *Paris*, 1837, 2 tomes en 1 vol. in-4, demi-rel. bas.

39. Des Erreurs et de la Vérité, ou les Hommes rappelés au principe universel de la science, par un

philosophe inconnu (Saint-Martin). *Édimbourg*, 1775, in-8, v. marb.

40. Le Corps politique, ou les Eléments de la Loy morale et civile, par Th. Hobbes. *A Leide, chés J. et D. Elsevier*, 1653, pet. in-12, demi-rel. ch. r. (A.)

41. Traicté des Tailles et autres charges et subsides qui se lèvent en France et des offices touchant le maniement des Finances, par J. Combes, advocat au siége présidial d'Auvergne, à Rion. *Paris, Morel*, 1584, in-8, v. (A.)

42. Recherches sur le Domesday ou Liber censualis d'Angleterre, par Léchaudé d'Anisy. *Caen*, 1842, in-4, demi-rel. bas. f. 1 planche fac-simile.
Tome Ier seul paru.

43. Les Ouvriers européens. Études sur les travaux, la vie domestique et la condition morale des populations ouvrières de l'Europe, par Le Play. *Paris, Impr. imp.*, 1855, in-fol. d.-rel.

44. Rapport sur l'organisation et les progrès de l'Instruction publique, par Ch. Jourdain. *Paris, Impr. imp.*, 1867, gr. in-8, br.

45. OEuvres d'Oribase, texte grec, trad. avec introd. et notes par Bussemaker et Daremberg. *Paris, Impr. nat.* 1851-73, 5 vol. in-8, demi-rel. m. n. le 5e br. (A.)

46. Vinetum. In quo varia vitium, uvarum, vinorum, antiqua, latina vulgariaque nomina, a Car. Stephano. *Parisiis, Fr. Stephanus*, 1537, pet. in-8, v. m. (A.)

47. Les Richesses gastronomiques de la France. Les Vins de Bordeaux (première partie, crus classés). Texte par de Lorbac, illustré par Lallemand. *Paris, Hetzel*, in-fol. br.

48. Selecta Fungorum Carpologia, ediderunt R. et C. Tulasne. *Parisiis, ex Imper. Typ.* 1861-65, 3 vol. in-fol. br. 61 *planches*.

49. OEuvres de Lavoisier, publ. par les soins du ministre de l'Instruction publique. *Paris*, *Impr. imp.*, 1864-68, 4 vol. in-4, cart. *Portr.*

50. Astronomie indienne, par l'abbé Guérin. *Paris*, *Impr. roy.*, 1847, in-8, br.

51. Exposé des signes de numération usités chez les peuples orientaux, par Pihan. *Paris*, *Impr. imp.*, 1860, in-8, br.

52. Le Monde enchanté, ou Examen des communs sentimens touchant les esprits..., par Balth. Becker. *Amst.*, 1694, 4 vol. pet. in-12, veau gram. *Portrait.*

II. BEAUX-ARTS.

53. Beaux-Arts. 9 vol. in-12 et in-8, rel.

Histoire de la peinture en Italie, par Coindet. — Histoire des peintres espagnols, par Quillet. — Dict. des beaux-arts, par Lacombe. — Dictionnaire pittoresque, par Hébert. — Dict. abrégé de peinture, par de Marsy, etc.

54. Dictionnaire des Beaux-Arts, par Millin. *Paris*, 1806, 3 vol. in-8, bas.

55. Dictionnaire de l'Académie des Beaux-Arts. *Paris*, *F. Didot*, 1858-68, 2 vol. gr. in-8. d.-rel. mar. bl., t. d., non rog. *Planches.*

Tomes I et II.

56. Dictionnaire raisonné de l'architecture française du XIe au XIXe siècle, par Viollet-le-Duc. *Paris*, 1854, 3 vol. in-8, d.-rel. mar. r. fig. (A.)

Tomes I à III.

57. Dictionnaire raisonné du Mobilier français, par Viollet-le-Duc. *Paris*, *Bance*, 1858, demi-rel. mar. r. *Planches.*

58. Musée de Sculpture antique et moderne, par le Cte de Clarac. *Paris*, *Texier*, 1849-53, 6 vol. in-4,

de planches, d.-rel. v. rose (complet) et 5 parties de texte. (*Incomplet.*)

59. Iconographie grecque et romaine, par Visconti et Mongez. *Paris*, *impr. de Didot l'aîné*, 1808, 7 vol. in-fol. d.-rel. *Planches.*

60. Histoire des Arts industriels ou moyen âge et à l'époque de la Renaissance, par J. Labarte. *Paris, Ve A. Morel*, 1872-1875, 2 vol. et fasc. 1, 2 et 5 du t. III (2e édit.) in-4 br. *Planches noires en chromolithogr.*

61. Histoire des peintres de toutes les écoles depuis la Renaissance jusqu'à nos jours, par Charles Blanc, de l'Académie française, et divers écrivains spéciaux. *Paris*, *Renouard.* Environ 600 livraisons. *Planches.*

62. Dictionnaire des peintres de toutes les écoles, par Siret. *Bruxelles,* 1848, demi-rel. ch. n. (A.)

63. Les Grands Architectes francais de la renaissance par A. Berty. *Paris*, *Aubry,* 1860, pet. in-8, demi-rel. chagr. r. (A.)

64. Guide des amateurs de tableaux pour les Écoles allemande, flamande, hollandaise et italienne, par Gault de Saint-Germain. *Paris*, *Renouard*, 1835-41, 3 vol. in-8, demi-rel. v. bl.

65. Traité théorique et pratique des connaissances nécessaires à tout amateur de tableaux, par de Burtin. *Valenciennes,* 1846, gr. in-8, demi-rel. v. *Portr.*

66. Mémoires inédits sur la vie et les ouvrages des membres de l'Académie de peinture et de sculpture, publiés par Dussieux, E. Soulié, Mantz, A. de de Montaiglon, etc. *Paris*, *Dumoulin*, 1854, 2 vol. in-8, demi-rel. (A.)

67. Description des objets d'art qui composent la collection Debruge-Duménil, avec introd. par J. Labarte. *Paris*, *Didron*, 1847, gr. in-8, demi-rel. ch. vert. *fig.*

68. Catalogue des tableaux et dessins précieux des maîtres célèbres des trois Ecoles, figures de marbre, de bronze et de terre cuite, estampes en feuilles et autres objets du cabinet de feu M. Randon de Boisset, par P. Remy et C.-F. Juliot. *Paris*, *Musier*, 1777, 2 part. en 1 vol. in-12, bas. marb. (A.)

69. Histoire de la peinture sur verre en Limousin, par l'abbé Texier. *Paris*, 1847, in-8, demi-rel. *Planches*.

70. Essai sur l'origine de la gravure en bois et en taille-douce, et sur la connaissance des estampes des XVe et XVIe siècles par Jansen. *Paris*, 1808, 2 vol. in-8, demi-rel. ch. n. *Planches* (A.)

71. Dictionnaire des Graveurs anciens et modernes, par Basan. *Paris*, *Blaise*, 1809, 2 t. en 1 vol. in-8, demi-rel. *Portr*.

72. Voyage d'un iconophile, par Duchesne aîné. *Paris*, 1834, in-8, demi-rel.

73. Livre curieux et utile pour les sçavans et artistes, composé de chiffres, devises, emblèmes... par N. Vérien. *Paris*, *s. d.* in 8, bas m. *titre taché* (A.)

74. Histoire de la Caricature et du Grotesque dans la Littérature et dans l'Art, par Th. Wright, trad. par Sachot. *Paris*, 1867, gr. in-8, demi-rel. ch. n. n. rog. (A.)

75. Guide de l'amateur de faïences et porcelaines, par A. Demmin. *Paris*, *Renouard*, 1863, in-12, demi-rel. ch. n. *Fig*. (A.)

76. Histoire de l'orfévrerie et de la joaillerie, par P. Lacroix et F. Séré. *Paris*, 1850, gr. in-8, demi-rel. chag. gr. *fig*. (A.)

77. Notice des Émaux, bijoux et objets divers exposés dans les galeries du Musée du Louvre, par de Laborde. *Paris*, 1853, 2 vol. in-8, demi-rel. v. bl.

Exemplaire sur papier fort.

78. Recherches sur le commerce, la fabrication et l'usage des étoffes de soie, d'or et d'argent et autres tissus précieux pendant le moyen âge, par Fr. Michel. *Paris, impr. de Crapelet,* 1852, 2 t. en 1 vol. pet. in-4, demi-rel. mar r. (A.)

79. Essai sur les Émailleurs et les Argentiers de Limoges, par l'abbé Texier. *Poitiers,* 1843, in-8, demi-rel. *Planches.*

80. Le Château du Bois de Boulogne, dit Château de Madrid. Étude sur les Arts au XVIe siècle, par le Cte de Laborde. *Paris, Dumoulin,* 1835, gr. in-8, demi-rel. mar. r. (A.) (*Tiré à* 200 *ex.* n° 65.)

81. Le Palais impérial de Constantinople et ses abords, Sainte-Sophie, le Forum Augustéon, et l'hippodrome, par J. Labarte. *Paris, Didron,* 1861, in-4, demi-rel. chagr. rouge. *Planches.* (A.)

BELLES-LETTRES.

I. LINGUISTIQUE.

A. Langues romanes.

82. Glossarium mediæ et infimæ Latinitatis conditum a C. Dufresne dom. Du Cange, auctum a monachis S. Benedicti cum supplementis Carpenterii. *Parisiis, F. Didot,* 1840, 7 vol. in-4, demi-rel. ch. n.

83. Histoire de la langue romane (roman provençal), par Fr. Mandet. *Paris,* 1840, in-8, demi-rel. b. bl. (A.)

84. Lexique roman, ou Dictionnaire de la langue des Troubadours comparée avec les autres langues de l'Europe latine, par Raynouard. *Paris, Silvestre*, 1838, 6 vol. in-8, demi-rel. mar. n. (A.)

85. Glossaire de la langue romane, par Roquefort. *Paris, Warée*, 1808, 2 vol. — Supplément. 1820. 1 vol. — Ens. 3 vol. in-8, demi-rel. ch.

86. Glossaire roman des Chroniques rimées de Godefroid de Bouillon, du Chevalier au Cygne et de Gilles de Chin, publ. par E. Gachet. *Bruxelles, Hayez*, 1859, in-4, demi-rel. d. et c. mar. r. t. d., n. rog. (A.)

87. Grammaire de la langue d'Oïl, ou grammaire des dialectes français aux XIIe et XIIIe siècles, suivie d'un Glossaire, par Burguy, *Berlin*, 1853, 3 vol. in-8, demi-rel. ch. n. (A.)

88. Chrestomathie de l'ancien français (VIIIe-XVe siècles), accomp. d'une Grammaire et d'un Glossaire, par Bartsch. *Leipzig, Vogel*, 1866, gr. in-8, demi-rel. mar. n. (A.)

89. Romania, recueil trimestriel consacré à l'étude des langues et des littératuees romanes, publié par P. Meyer et G. Paris. *Paris, Franck*, 1872, gr. in-8, demi-rel. (1re *année*.)

90. Etymologisches Wörterbuch der Romanischen Sprachen, von F. Diez. *Bonn, Marcus*, 1853, in-8, demi-rel. bas. bl. (A.)

91. Etymologisches Wörterbuch der Romanischen Sprachen, von Fr. Diez. *Bonn*, 1861, 2 vol in-8, demi-rel. ch. n. (A.)

92. Romanische inedita auf italiänischen Bibliotheken, von P. Heyse. *Berlin*, 1856, in-8, demi-rel. ch. vert.

93. Dictionnaire du vieux langage françois, par Lacombe. *Paris, Panckoucke*, 1766, 2 vol. in-8, v. m.

94. Des Variations du Langage françois depuis le XIIe siècle, par F. Génin. *Paris, F. Didot*, 1845, in-8, demi-rel. mar. r.

95. Essai d'un Glossaire occitanien, p. s. à l'intelligence des poésies des Troubadours. *Toulouse*, 1819. — Le Parnasse occitanien. 1819. Ens. 2 vol. in-8, demi-rel. ch. r. (A.)

B. Langue française.

96. L'Éclaircissement de la Langue française, par J. Palsgrave, suivi de la Grammaire de Gilles Du Guez, publ. par F. Génin. *Paris, Impr. nat.*, 1852, in-4, demi-rel. b. bl. (A.)

97. Histoire de la Langue française, par E. Littré. *Paris, Didier*, 1863, 2 vol. in-8, demi-rel. ch. r. (A.)

98. Dictionnaire étymologique de la Langue française, par Ménage, avec les Origines françoises de Caseneuve, etc. *Paris, Briasson*, 1750, 2 vol. in-fol. v. m. (A.)

99. Les Etymologies de plusieurs mots françois contre les abus de la secte des Hellénistes du Port-Royal, par Ph. Labbe. *Paris, Bénard*, 1661, 2 part. en 1 vol. in-12, v. gr.

100. Dictionnaire étymologique des mots de la Langue française dérivés de l'arabe, du persan ou du turc, par Pihan. *Paris, Impr. imp.*, 1866, in-8, demi-rel. chag. n. (A.)

101. Recherche sur l'origine de la ressemblance et de l'affinité d'un grand nombre de mots qui se retrouvent dans le français, le danois, l'islandais, l'anglais, etc., par B. B. *Leipzig, Brockhaus*, 1866, in-8, demi-rel. v. r. (A.)

102. Observations sur l'usage syntaxique de Ronsard et de ses contemporains, par Lidforss. *Lund*, 1865, in-8, demi-rel. v. rose.

103. Les Composés qui contiennent un verbe à un mode personnel en latin, en français, en italien et en espagnol, par Meunier. *Paris, Impr. nat.*, 1875, in-8, br.

104. Die germanischen Elemente in der franzœsischen Sprache, von F. Atzler. *Cœthen*, 1867, in-8, demi-rel. ch. n. (A.)

105. Grammaire comparée des langues de la France, par L. de Bæcker. *Paris*, 1860, in-8, demi-rel. ch. n. (A.)

106. Dictionnaire de l'Académie française. *Paris, Didot*, 1835, 2 vol. in-4, demi-rel. ch. n.

107. Dictionnaire de la langue française, par E. Littré. *Paris, Hachette*, 1863, 4 vol. in-4, demi-rel. chag. vert. (A.)

108. Dictionnaire raisonné des onomatopées françaises, par Ch. Nodier. *Paris, Delangle*, 1828, in-8, demi-rel. bas.

C. Patois.

109. Dictionnaire franco-normand, ou Recueil des mots particuliers au dialecte de Guernesey, par G. Métivier. *Londres*, 1870, in-8, cart. n. rog.

110. Histoire et Glossaire du normand, de l'anglais et de la langue française, par Le Héricher. *Paris et Avranches, s. d.*, in-8, demi-rel. ch. (Manque le titre du tome I, remplacé par celui du tome II.)

111. Glossaire étymologique et comparé du patois picard, par l'abbé Corblet. *Paris*, 1851, in-8, demi-rel. ch. n. (A.)

112. Recherches sur l'histoire du langage et des patois de Champagne, par P. Tarbé. *Reims*, 1851, 2 vol. in-8, pap. vergé, demi-rel. ch. n. (A.)

113. Dictionnaire rouchi-français, par J. Hécart. *Valenciennes, Lemaître*, 1834, in-8, demi-rel. chag. br. (A.)

114. Vocabulaire du Haut-Maine, par C. R. de M. *Le Mans,* 1859, in-8, demi-rel. b. (A.)

115. Vocabulaire du dialecte et du patois de la province de Bourgogne, par Mignard. *Dijon, et Paris, Aubry,* 1870, in-8, demi-rel. bas. (A.)

116. Dictionnaire languedocien-français, par l'abbé de S*** (Sauvages). *Nîmes,* 1756, in-8, mar. r., tr. d. (A.)

117. Dictionnaire gascon-français, dialecte du département du Gers, par Cénac-Moncaut. *Paris, Didron,* 1863, in-8, demi-rel. chag. n. n. rog. (A.)

118. Œuvres patoises, complètes, de C. Peyrot, ancien prieur de Pradinas. *Millau,* 1823, in-8, demi-rel. v. *Portr.*

119. Recueil d'opuscules et de fragments en vers patois, extraits d'ouvrages devenus fort rares. *Paris, Gayet,* 1839, in-18, demi-rel. (A.)

120. Las Obros de Pierre Goudelin, augmentados de forço péssos é le dictiounari sus la Lengo Moundino. *A Toulouso, per Jan Pech,* 1678, in-12, v. m. *Portrait et titre gr.* (A.)

121. Proverbes basques, recueillis par Arnauld Oihenart, suivis des poésies basques du même auteur, 2e édit. augm. d'une trad. franç. par Fr. Michel. *Bordeaux,* 1847, in-8, demi-rel. v.

122. Proverbes béarnais, recueillis par J. Hatoulet et E. Picot. *Paris, Hérold,* 1862, in-8, pap. teinté, demi-rel. m. r. (A.)

123. Vocabulaire du Berry et de quelques cantons voisins, par un amateur du vieux langage. *Paris, Roret,* 1842, in-8, demi-rel. *Fig.*

124. Études de philologie comparée sur l'argot, par Francisque-Michel. *Paris, F. Didot,* 1856, in-8, demi-rel. ch. r.

D. Langues teuto-gothiques.

125. Dictionarium teutonico-latinum, præcipuas dictiones latine interpretatas complectens, opera C. Kiliani Dufflæi. *Antverpiæ, ex off. Plantini,* 1588, in-8, v. f. fil. tr. dor. (*Kœhler.*) (A.)

126. Dictionnaire comparatif et étymologique des langues teuto-gothiques, par H. Meidinger. *Francfort-sur-le-Mein*, 1836, in-8, demi-rel. bas. v.

127. Vollständiger alphabetischer Index zu dem althochdeutschen Sprachschatze von G. Graff. Ausg. von Massmann. *Berlin*, 1846, in-4, demi-rel. ch. n. (A.)

128. Altdeutsches Namenbuch von Förstemann. *Nordhausen,* 1856, in-4, demi-rel. mar. n. (A.)

129. Althochdeutscher Sprachschatz, oder Wörterbuch der althochdeutschen Sprache, von G. Graff. *Berlin*, 1834, 6 vol. in-4, cart.

130. Altdeutsches Handwörterbuch von W. Wackernagel. *Basel,* 1861, gr. in-8, demi-rel. ch. n. (A.)

E. Langues orientales.

131. Grammaire sanscrite-française, par Desgranges. *Paris, Impr. roy.*, 1845, 2 vol. in-4, br.

132. De l'Affinité des langues celtiques avec le sanscrit, par Ad. Pictet. *Paris*, *Duprat*, 1837, in-8, demi-rel. b.

133. Méthode pour déchiffrer et transcrire les noms sanscrits qui se rencontrent dans les livres chinois, par Stan. Julien. *Paris*, *Impr. imp.*, 1861, in-8, br.

134. Exposé des éléments de la grammaire assyrienne, par J. Ménant. *Paris, Impr. imp.*, 1868, gr. in-8, br.

135. Histoire générale et système comparé des langues sémitiques, par E. Renan. *Paris, Impr. imp.*, 1855, in-8, demi-rel. ch. n. (A.)

136. Grammaire paléoslave, suivie de textes paléoslaves, par A. Chodzko. *Paris, Impr. imp.*, 1869, in-8, br. *Fac-simile.*

137. Dictionnaire turc-latin. In-4, v. marb. tr. dor. *Armes.*

Manuscrit.

138. Dictionnaire turk-oriental, pour faciliter la lecture des ouvrages de Bâber, d'Aboul-Gâzi, etc., par Pavet de Courteille. *Paris, Impr. imp.*, 1870, gr. in-8, br.

139. Grammaire persane, par A. Chodzko. *Paris, Impr. nat.*, 1852, in-8, br.

140. Maçoudi. Les Prairies d'or, texte et traduction par Barbier de Meynard. *Paris, Impr. nat.*, 1861, 8 vol. in-8, br.

141. Rgya Tch'er Rol Pa, ou Développement des jeux, contenant l'histoire du Bouddha Çakya-Mouni, traduit avec texte par Ed. Foucaux. *Paris, Impr. roy.*, 1847, 2 vol. in-4, br.

142. Les Quatrains de Khéyam, trad. du persan par J.-B. Nicolas. *Paris, Impr. imp.*, 1867, gr. in-8, br.

143. Théogonie des Druses, ou Abrégé de leur système religieux, trad. de l'arabe par Guys. *Paris, Impr. imp.*, 1863, gr. in-8, demi-rel. b. f.

144. Vie de Mohammed, texte arabe d'Abou'lféda, avec traduction franç. et notes par Noël des Vergers. *Paris, Impr. roy.*, 1837, in-8, mar. bl. fil. tr. dor. (*Simier.*)

145. Voyages d'Ibn Batoutah, texte arabe, avec traduction par Defrémery et Sanguinetti. *Paris, Impr. imp.*, 1853, 4 vol. in-8, demi-rel. v. f. (A.)

146. Poésies populaires de la Kabylie du Jurjura, texte et traduction par A. Hanoteau. *Paris, Impr. imp.*, 1867, in-8, br.

147. Grammaire de la langue Wolofe, par l'abbé Boilat. *Paris, Impr. imp.*, 1858, in-8, br.

II. POÉSIE.

148. L'Iliade et l'Odyssée d'Homère, trad. par Bitaubé. *Paris, impr. de Didot l'aîné,* 1787, 12 vol. in-18, v. f. fil. tr. dor. *Portr.*

149. Manuelis Philæ Carmina, ex codicibus nunc primum edidit E. Miller. *Parisiis, Typ. imp.*, 1855, 2 vol. in-8, br.

150. Corpus poetarum latinorum, cum selecta varietate lectionis edidit Weber. *Francof. ad Mœnum,* 1832, gr. in-8, demi-rel. ch. r. (A.)

151. Œuvres complètes d'Horace, trad. en prose. *Paris, Panckoucke,* 1838, 2 vol. in-8, br.

152. Publii Vergilii Bucolica, Georgica, Æneis cum Servii Commentariis. *Venetiis,* 1507, pet. in-4, v. *Fig. sur bois.*

153. P. Virgilius Maro ex editione N. Heinsii et P. Burmanni. *Amstelæd., Wetstenius,* 1744, pet. in-12, mar. r. tr. dor. *titre gr.* (A.)

154. Proverbialium versuum ex principe poetarum Vergilio collectanea. Adriano Barlando autore. *Basileæ, excud. Henricus Petrus,* 1535, in-8, v. r. fil. tr. dor. A. (*Kœhler.*)

155. Joannis Darcii Venusini Canes, recens in lucem æditi. Item Epistola Deidamiæ ad Achillem. *Parisiis, apud S. Colinæum,* 1543, in-8, v. rose, fil. tr. dor. (A.)(*Kœhler.*)

156. La Légende latine de S. Brandaines, publ. par

A. Jubinal. *Paris, Techener,* 1836, in-8, demi-rel. ch. n.

157. Poésies populaires latines, antérieures au XIIe siècle, par Edelestand du Méril. *Paris,* 1843, in-8, demi-rel. ch. n. (A.)

1. POÉSIE FRANÇAISE.

A. *Histoire, traités, recueils.*

158. Recueil de l'origine de la langue et poésie françoise, ryme et romans. Plus les noms et sommaire des œuvres de CXXVII poëtes françois, vivans avant l'an MDCCC (par Claude Fauchet). *Paris, Mamert Patisson,* 1581, in-4, v. f. (A.)

159. Contes et nouvelles littéraires. Histoire de la poésie et de la littérature chez tous les peuples, par J. Janin. *Paris, Delahays, s. d.,* 3 vol. in-12, demi-rel. ch. rouge.

160. Geschichte der Poesie Europa's, von Th. Grässe. *Dresden,* 1848, in-8, demi-rel. ch. r. (A.)

161. De l'État de la Poésie françoise dans les XIIe et XIIIe siècles, par de Roquefort. *Paris,* 1821, in-8, demi-rel. ch. n. (A.)

162. Histoire de la Poësie provençale, par Fauriel. *Paris,* 1846, 3 vol. in-8, demi-rel. ch. v. (A.)

163. Essais historiques sur les Bardes, les Jongleurs et les Trouvères normands et anglo-normands, par l'abbé de la Rue. *Caen, Mancel,* 1834, 3 vol. in-8, demi-rel. ch. vert. (A.)

164. Le Romancero françois. Histoire de quelques anciens trouvères; recueilli par P. Paris. *Paris, Techener,* 1833, pet. in-8, demi-rel. mar. r. (A.)

165. Poëtes françois. Manuscrits. In-4, demi-rel. c. de Russie.

Notices sommaires sur quatre-vingt deux poëtes des XIIe, XIIIe, XIVe et XVe siècles, avec des extraits de leurs poésies.

Ce manuscrit est de Barbazan. (Note de M. le marquis de la Grange.)

166. Vies des poëtes gascons par G. Colletet, publ. par Tamizey de Larroque. *Paris, Aubry*, 1866, gr. in-8, cart. en perc.

167. Tableau historique et critique de la Poésie française et du Théâtre français au XVIe siècle, par Sainte-Beuve. *Paris*, 1838, 2 vol. in-8, demi-rel. ch. n. (A.)

168. Tresor de recherches et antiquitez gauloises et françoises, par P. Borel. *Paris, A. Courbé*, 1655, in-4, v. gr. (A.)

Ce livre contient de nombreuses citations de nos anciens poëtes.

169. Art poétique françois, pour l'instruction des studieux, désirant parvenir à la perfection de la Poésie françoise. Avec le Quintil Horatian, sur la Defense et Illustration de la langue françoise. *Lyon, B. Rigaud*, 1576, in-16, v. (*Incomplet d'un ff.*)

170. Traité de versification française, par L. Quicherat. *Paris, Hachette*, 1850, in-8, demi-rel. b. (A.)

171. Poétique, ou Introduction à l'Esthétique, par Richter. trad. de l'allem. par Büchner et Dumont. *Paris, Durand*, 1862, 2 vol. in-8, demi-rel. bas. f. (A.)

172. Collection des poëtes français du moyen âge, publiée par C. Hippeau. *Paris, Aubry*, 1859-62, 4 vol. pet. in-8, br.

La Vie de saint Thomas le martyr. — Le Bestiaire d'amour. — Le Bel Inconnu. — Messire Gauvain.

173. Les Anciens Poëtes de la France, publiés par F. Guessard, P. Meyer, Michelant, le marquis de

la Grange, etc. *Paris, Franck,* 1856-62, 9 vol. in-12, cart. n. rog.

174. Les Poëtes françois depuis le XIIe siècte jusqu'à Malherbe, avec une notice sur chaque poëte. *Paris, Crapelet,* 1824, 6 vol. in-8, bas. rac.

175. Jongleurs et Trouvères, ou Choix de saluts, épîtres, rêveries et autres pièces légères des XIIIe et XIVe siècles, publ. p. la prem. fois par A. Jubinal. *Paris,* 1835, in-8, demi-rel. chag. n. pap. de Holl. (A.)

176. Fabliaux et Contes des poëtes françois des XIe, XIIe, XIIIe, XIVe et XVe siècles, publ. par Barbazan. *Paris, impr. de Crapelet,* 1808, 4 vol. in-8, demi-rel. ch. r. *Fig.*

177. Nouveau recueil de Contes, dits, fabliaux et autres pièces inédites des XIIIe, XIVe et XVe siècles, mis au jour p. la prem. fois par A. Jubinal. *Paris,* 1839, 2 vol. in-8, demi-rel. ch. n. (A.)

178. Fleurs des vieux poëtes liégeois, par Peetermans, publ. par Helbig. *Liége,* 1859, pet. in-8, ch. r. (A.)

179. Recueil des plus belles pièces des Poëtes françois dep. Villon jusqu'à Benserade. *Paris, Prault,* 1752, 6 vol. pet. in-12, v. m.

180. Blasons, poésies anciennes des XVe et XVIe siècles, par M. (Méon). *Paris, Guillemot,* 1809, in-8, v. bl. (A.)

B. *Romans, chroniques et légendes en vers.*

181. Romans des Douze Pairs de France, publiés d'après les manuscrits par P. Paris, Fr. Michel, Edelestand du Méril, E. Le Glay, J. Barrois et de Martonne. *Paris, Techener,* 1833-48, 12 vol. in-8, demi-rel. mar. rouge (Raoul de Cambrai,

Berte aux Grans piés et Parise la Duchesse en d. v. bl.)

Garin le Loherain. — Berte aux grans piés. — Chanson des Saxons. — Raoul de Cambrai. — Ogier de Dannemarche. — La Mort de Garin. — Chanson d'Antioche. — Parise la duchesse.

182. Le Siége de Paris par les Normands en 885 et 886, poëme d'Abbon, avec la trad. en regard, et notes par Taranne. *Paris, Impr. roy.*, 1834, in-8, demi-rel. ch. n. (A.)

183. Histoire de la Croisade contre les Hérétiques albigeois écrite en vers provençaux par un poëte contemporain, trad. et publ. par C. Fauriel. *Paris, Impr. roy.* 1837, in-4, demi-rel. v. bl. (A.)

184. Guillaume d'Orange, chanson de Geste des XIe et XIIe s. publ. p. la prem. fois par Jonckbloet. *La Haye, Nyhoff*, 1844, 2 vol. in-8, demi-rel. ch. gr. (A.)

185. Guillaume d'Orange, le marquis au Court nez, chanson de geste du XIIe siècle mise en nouveau langage, par Jonckbloet. *Amsterdam,* 1867, gr. in-8, demi-rel. m. n. (A.)

186. La Chanson de Roland, texte critique par L. Gautier. *Tours, Mame,* 1872, in-18, demi-rel. mar. rouge.

187. La Chanson de Roland, trad. du vieux français par Ad. d'Avril. *Paris,* 1867, in-12, demi-rel. b. (A.)

188. Le Roman de Rou et des ducs de Normandie, par Robert Wace, publ. par F. Pluquet. *Rouen,* 1827, 2 vol. in-8. — Observ. sur le Roman de Rou, par Raynouard. *Rouen,* 1829, in-8, Ens. 3 vol. in-8, demi-rel.

189. Le Roman de Brut, par Robert Wace, poëte du XIIe siècle, publ. par Le Roux de Lincy. *Rouen,* 1836, 2 vol. in-8, demi-rel. ch. gr. *fig. fac-simile.* (A.)

190. Le Roman du Mont-Saint-Michel, par Guillaume de Saint-Pair, poëte anglo-normand du XIIe siècle, publ. par Fr. Michel. *Caen*, 1856, pet. in-8, pap. vergé, demi-rel. m. bl. (A.)

191. La Chanson d'Antioche, composée au XIIe siècle par Richard le Pèlerin, publ. par P. Paris, trad. par la marquise de Sainte-Aulaire. *Paris, Didier*, 1862, gr. in-18, demi-rel. m. r. (A.)

192. Alexandriade, ou la Chanson de geste d'Alexandre le Grand, épopée romane du XIIe siècle, publ. avec glossaire par Le Court de la Villethassetz et E. Talbot. *Dinan*, 1861, in-12, demi-rel. ch. n. (A.)

193. Le Roman de Foulque de Candie, par Herbert Leduc, de Dammartin, publ. par P. Tarbé. *Reims*, 1860, in-8, pap. vergé, demi-rel. ch. n.

194. Fragment de la Chanson de Geste de Girbert de Metz, publié par A. de Rochambeau. *Paris*, 1867, in-8, demi-rel.

195. Chronique des Ducs de Normandie, par Benoît, trouvère anglo-normand du XIIe siècle, publ. p. la prem. fois par Fr. Michel. *Paris, Impr. roy.*, 1836, 3 vol. in-4, demi-rel. v. bl. (A.)

196. L'Ystoire de li Normant, et la Chronique de Robert Viscart, publ. par Champollion-Figeac, 1835. — Histoire des ducs de Normandie et des rois d'Angleterre, publ. par F. Michel. *Paris, Renouard*, 1840. Ens. 2 vol. in-8. demi-rel. v. bl.

197. La Vie de Saint-Thomas le Martyr, par Garnier de Pont-Sainte-Maxence, poëte du XIIe siècle, publ. par C. Hippeau. *Paris, Aubry*, 1859, pet. in-8, demi-rel. m. r. (A.)

198. Tristan. Recueil de ce qui reste des poëmes relatifs à ses aventures, composés en anglo-normand et en grec dans les XIIe et XIIIe siècles, publié par Fr. Michel. *Londres, Pickering*, 1835, 2 vol.—An-

glo-Norman poem on the conquest of Ireland by Hei y the Second, edited by Fr. Michel. *London, Pickering*, 1837, 1 vol. Ens. 3 vol. in-12, demi-rel. mar. bl. (A.)

199. Le Roman de la Rose, par Guillaume de Lorris et Jean de Meun, accomp. de notes et d'un Glossaire. *Paris, Pissot*, 1735, 3 vol. in-12, v. f. (A.)

200. Le Roman du Renart, publ. d'après les man. de la Biblioth. du Roi par Méon. *Paris, Treuttel et Wurtz*, 1826, 5 vol. in-8, demi-rel. v. bl. Fig. (A.)

201. Le Chevalier au Cygne et Godefroid de Bouillon, poëme historique, publ. p. la prem. fois par le baron de Reiffemberg. *Bruxelles, Hayez*, 1846, 3 vol. in-4, demi-rel. d. et c. mar. r., t. d., n. rog. (A.)

202. Amadas et Ydoine, poëme d'aventures, publ. par C. Hippeau. *Paris, Aubry*, 1863, pet. in-8, demi-rel. mar. n. (A.)

203. La Conquête de Jérusalem faisant suite à la Chanson d'Antioche composée par le Pèlerin Richard et renouvelée par Graindor de Douai au XIIIe siècle. *Paris, Aubry*, 1868, in-8, demi-rel. ch. r. (A.)

204. Le Bel Inconnu, poëme de la Table ronde, par Renauld de Beaujeu, poëte du XIIIe siècle, publ. par C. Hippeau. *Paris, Aubry*, 1860, pet. in-8, demi-rel. m. r. (A.)

205. Le Bestiaire d'Amour, par Richard de Fournival, suivi de la Réponse de la Dame, publ. par C. Hippeau. *Paris, Aubry*, 1860, pet. in-8, demi-rel. mar. r. *Fig.* (A.)

206. Le Roman en vers de Girart de Rossillon, jadis duc de Bourgogne, publ. p. la prem. fois avec notes et neuf dessins dont six chromolith., par

Mignard. *Paris et Dijon*, 1858, gr. in-8, demi-rel. mar. bl. (A.)

207. Roman de la Violette et de Gérard de Nevers, en vers du XIIIe siècle, par Gibert de Montreuil, publ. p. la prem. fois par Fr. Michel. *Paris, Silvestre*, 1834, gr. in-8, demi-rel. mar. bl. tête dorée, n. rog. *Fig. fac-simile*. (A.)

Tiré à 175 exemplaires sur papier vélin (no 143).

208. L'Histoire du châtelain de Coucy et de la dame de Fayel, publ. d'après les mss. de la Bibliothèque du Roi, par G.-A. Crapelet. *Paris, Crapelet*, 1829, gr. in-8, pap. vélin, mar. viol. fil., tr. dor. (*Kœhler*.)

209. Li Romans de Durmart le Galois, herausg. von Stengel. *Stuttgart*, 1873, in-8, br.

210. Miracle de Nostre-Dame de Robert le Dyable, filz du duc de Normendie... publ. p. la prem. fois. *Rouen, E. Frère*, 1836, gr. in-8, demi-rel. mar. bl. (A.)

Exemplaire sur grand papier de Hollande.

211. Le Roman du Saint-Graal, publ. p. la prem. fois, par Fr. Michel. *Bordeaux*, 1841, pet. in-8, pap. vergé, demi-rel. v. bl. (A.)

212. Les Enfances Ogier, par Adenès li Rois, poëme, publ. p. la prem. fois par A. Scheler. *Bruxelles*, 1874, in-8, pap. vergé, br.

213. Le Miracle de Théophile, mis en vers au commenc. du XIIIe siècle, par Gautier de Coinsy, publ. par Maillet. *Rennes*, 1838, in-8, demi-rel. b.

214. Vie du pape Grégoire le Grand, légende française, publ. p. la prem. fois par V. Luzarche. *Tours*, 1857, in-18, demi-rel. ch. r. fac-simile. (A.)

215. Roman d'Eustache le Moine, pirate fameux du XIIIe siècle, publ. p. la prem. fois par Fr. Michel. *Paris, Silvestre*, 1834, gr. in-8, demi-rel. mar. bl. n. rog. (*Kœhler*.)

216. Li Roumans de Cléomadès, par Adenès li Rois, publ. par Van Hasselt. *Bruxelles,* 1865, 2 vol. in-8, demi-rel. m. gr. — Observ. philolog. et crit. sur le texte du Roman de Cléomadès, par Bormans. *Liége,* 1867. in-8, demi-rel. v. (A.)

217. Der Roman von Fierabras, provenzalisch, von H. Bekker. In-4, demi-rel. v. bl. (A.)

Extrait du 10e vol. de l'Académie de Berlin, 1826.

218. Der Roman von Fierabras, provenzalisch, herausgegeben von Imm. Bekker. *Berlin*, *Reimer*, 1829, in-4, demi-rel. m. r. (A.)

219. Fergus, roman von Guillaume Le Clerc, herausg. von Ernst Martin. *Halle,* 1872, in-8, br.

220. Horn et Rimenhild. Recueil de ce qui reste des poëmes relatifs à leurs aventures, composés en françois, en anglois et en écossois dans les XIIIe, XIVe et XVe siècles, publ. par Fr. Michel. *Paris, pour le Banatyne Club,* 1845, in-4, demi-rel. d. et c. mar. r. t. d. n. rog.

221. Garin le Loherain, chanson de geste mise en nouveau langage par P. Paris. *Paris, Hetzel,* 1862, gr. in-18, demi-rel. mar. n., n. r. (A.)

222. Li Romans des Sept Sages, nach der pariser Handschrift, herausg. von Keller. *Tübingen,* 1836, in-8, demi-rel. ch. vert. (A.)

223. Chronique rimée de Philippe Mouskes, publiée par le baron de Reiffemberg. *Bruxelles*, *Hayez,* 1836, 2 vol. in-4, demi-rel. d. et c. mar. r. t. d. n. rog. *Fig.* (A.)

224. L'Ordene de Chevalerie (par Hue de Tabarie), avec une dissertation et un glossaire (par Barbazan). *Paris, Chaubert,* 1759, in-12, v. m. *Front.* (A.)

225. Richars li Biaus. Publié par Wendelin Foerster. *Vienne,* 1874, in-8, br.

226. Li Romans des Eles, par Raoul de Houdenc, publié par A. Scheler. *Bruxelles*, 1868, in-8, demi-rel.

227. La Prise de Pampelune. — Macaire. — Crescentiasage. Publiés par A. Mussafia. *Vienne*, 1864-66, 3 part. en 1 vol. in-8, demi-rel. v. r. (A.)

228. Le Tornoiement de l'Antechrist, par Huon de Méry, publ. par P. Tarbé. *Reims*, 1851, in-8, demi-rel. ch. n. (A.)

Exemplaire sur papiers bleu et jaune, mélangés alternativement.

229. Le Livre des Miracles de Notre-Dame de Chartres, écrit en vers, au XIIIe siècle, par Jehan Le Marchant, publié p. la prem. fois, avec glossaire et notes, par G. Duplessis. *Chartres, Garnier*, 1855, in-8, demi-rel. m. r. *Fig.* (A.)

230. Chronique de Bertrand du Guesclin, par Cuvelier, trouvère du XIVe siècle, publ. p. la prem. fois par E. Charrière. *Paris, Didot*, 1839, 2 vol. in-4, demi-rel. v. bl. (A.)

231. Li Romans de Bauduin de Sebourc, IIIe roy de Iherusalem, poëme du XIVe siècle, publié p. la prem. fois. *Valenciennes*, 1841, 2 vol. gr. in-8, demi-rel. mar. r. (A.)

232. Gilles de Chin, poëme de Gautier de Tournay, trouvère du XIVe siècle, publ. p. la prem. fois, avec notes, par le baron de Reiffemberg. *Bruxelles, Hayez*, 1847, in-4, demi-rel. v. bl.

233. Listoire de Luzignen, pet. in-4, v. f. (*Manuscrit moderne.*)

Ce roman inédit a été copié sur le manuscrit de la bibliothèque de la rue Richelieu, par Charles Brunet, qui a publié la Mélusine de Jehan d'Arras. (*Note.*)

234. Blancandin, ou l'Orgueilleuse d'amour, roman d'aventures, publ. p. la prem. fois par H. Michelant. *Paris, Tross*, 1867, pet. in-8, pap. vergé, demi-rel. ch. n. (A.)

235. Chanson de Raoul, sire de Crequy. Monument de la langue artésienne au XIVe siècle. *Douai*, 1836, in-8, demi-rel. chag. r. (*Tiré à 25 ex.*)

236. Poésies, romans, chroniques, etc., publiés d'après d'anciens manuscrits. Editions des XVe et XVIe siècles. *Paris*, *Silvestre*, 6 vol. in-16, rel. et br.

Miracle de Berte. — Mystère de S. Martin. — Cyperis de Dinevaulx. — Le Chevalier délibéré. — Le Roman de Edipus. — Le Roman de Richart, filz de Robert le Diable.

237. Poëme du Cid ; texte espagnol accomp. d'une traduction française, de notes, d'un vocabulaire et d'une introduction par Damas-Hinard. *Paris*, *Impr. imp.*, 1858, in-4, demi-rel. d. et c., mar. bl. (A.) *Envoi d'auteur.*

C. *Troubadours, trouvères et autres poëtes jusqu'au* XVe *siècle.*

238. Les Bardes bretons, poëmes du VIe siècle, trad. p. la prem. fois en français avec texte en regard, par Hersart de la Villemarqué. *Paris*, *Didier*, 1860, in-8, demi-rel. perc. non rog. Pap. vergé.

239. Cinq Formules rhythmées et assonancées du VIIe siècle, par A. Boucherie. *Montpellier*, 1867, in-8, demi-rel. b.

240. Altfranzösische Lieder, nebst einem altfranzösischen Glossar, von Mätzner. *Berlin*, 1853, in-8, demi-rel. ch. n. (A.)

241. Altfranzœsische Lieder und Leiche aus Handschriften zu Bern und Neuenburg, von W. Wackernagel. *Basel*, 1846, in-8, demi-rel. v. f.

242. Chansons de Thibault IV, comte de Champagne et de Brie, roi de Navarre, publ. par P. Tarbé. *Reims*, 1851, in-8, demi-rel. ch. n. (A.)

Exemplaire sur papier azuré.

243. Lais inédits des XIIe et XIIIe siècles, publ. pour la

prem. fois par Fr. Michel. *Paris, Techener*, 1836, pet. in-8, demi-rel. ch. n., n. rog. (*Armes.*)

244. Romances et pastourelles françaises des XIIe et XIIIe siècles, publiées par Bartsch. *Leipzig, Vogel*, 1870, in-8 br.

245. Le Dit de la Gageure, publ. par Fr. Michel. *Paris, impr. Plassan*, 1836, gr. in-8, demi-rel. ch. bl. (A.) *Tiré à 50 ex.*

246. Livre mignard, ou Fleur des fabliaux, publ. par Ch. Malo. *Paris, L. Janet, s. d.*, in-18, demi-rel. *Fig.* (A.)

247. OEuvres complètes de Rutebeuf, trouvère du XIIIe siècle, publ. par A. Jubinal. *Paris*, 1839, 2 vol. in-8, demi-rel. ch. r. (A.)

248. Poésies de Marie de France, poëte anglo-normand du XIIIe siècle, publ. par de Roquefort. *Paris*, 1832, 2 vol. in-8, demi-rel. v. r. (A.)

249. Les OEuvres de Philippe de Vitry, publ. par P. Tarbé. *Reims*, 1850, in-8, demi-rel. ch. n. (A.)

Exemplaire sur papier jonquille.

250. Les OEuvres de Guillaume de Machault, publ. par P. Tarbé. *Reims*, 1849, in-8, demi-rel. ch. n. (A.)

Un des 8 exemplaires sur papier jonquille.

251. La Complainte et le Jeu de Pierre de La Broce, chambellan de Philippe le Hardi, publ. par A. Jubinal. *Paris, Techener*, 1835, in-8, demi-rel. ch. r. (A.).

252. Lai d'Havelok le Danois, XIIIe siècle, publié par Fr. Michel. *Paris, Silvestre*, 1833, gr. in-8, demi-rel. mar. viol. n. rog. (*tiré à exemplaires*, n° 61).

253. Gautier d'Aupais, le Chevalier à la Corbeille, fabliaux du XIIIe siècle, publ. par Fr. Michel. *Paris, Silvestre*, 1835, gr. in-8, demi-rel. ch. bl. (A.)

254. La Riote du monde. Le Roi d'Angleterre et le Jongleur d'Ely (XIIIe siècle). *Paris, Silvestre,* 1834, in-8, demi-rel. ch. r. (A.)

255. Poésies de J. Froissart, publ. p. la prem. fois par Buchon. *Paris, Verdière,* 1829, in-8, demi-rel. v. f. (A.)

256. OEuvres inédites d'Eustache Deschamps, publ. par P. Tarbé. *Reims*, 1849, 2 vol. in-8, demi-rel. ch. n. (A.)

Exemplaire composé alternativement d'une feuille sur papier blanc et sur papier jaune.

257. Poésies d'Agnès de Navarre-Champagne, dame de Foix, publ. par P. Tarbé. *Reims,* 1856, in-8, papier jaune, demi-rel. ch. n. (A.)

258. Poésies de Charles d'Orléans, publ. par Guichard. *Paris, Gosselin,* 1842, in-12, demi-rel. ch.

259. OEuvres complètes de Fr. Villon, publ. par P. L. Jacob. *Paris, Jannet,* 1854, in-12, demi-rel. ch. bl. (A.)

D. *Poëtes français depuis Villon.*

260. Sensuivet les vigiles de la mort du feu roy Charles septiesme à neuf psaulmes et neuf leçons, contenans la cronique et les faitz advenuz durant la vie dudit feu roy, composées par maistre marcial de paris dit dauvergne, procureur en parlement. Imprimé à Paris par Jehan du Pré, demeurant aux deux Cygnes (1493), in-fol. goth. à 2 col. de 40 lignes, rel. en bois. (*Incomplet du titre et de plus. ff.*)

261. Les Faictz et dictz de feu de bōne memoire maistre Jehan Molinet : contenans plusieurs beaulx Traictez, Oraisons et Champs royaulx : comme lon pourra facilemēt trouver par la table qui sensuyt. Nouvellement imprimez a Paris lan mil cinq cens trente et ung neuviesme iour de

Decembre. Avec privilege. *On les vend au Palais en la Gallerie par ou on va a Chancellerie. A la bouticque de Jehan Longis et de la veufve Jehan Sainct Denys.* Pet. in-fol. goth. v. marb. (*Une partie du dernier f. a été enlevée.*)

262. Aresta Amorum LI. (Auct. Martial d'Auvergne), Benedicti Curtii Symphoriani commentariis accommodata. *Lugduni, Seb. Gryphius,* 1546, in-8, v. f.

263. Le Jeu du Prince des Sotz et Mere Sotte (par P. Gringore). Joué aux Halles de Paris, le mardy gras, l'an 1511. Pet. in-8, v. ant. tr. dor. (A.)

Cette réimpression est le IVe vol. de la collection de Caron, publiée vers 1798.

264. Les Œuvres de maistre Guillaume Coquillart, en son vivant official de Reims. *A Paris, par Denis Janot imprimeur, pour Pierre Sergent et Jehan Longis libraires, s. d.,* pet. in-8, lettres rondes de 143 ff. bas. (A.) *Incomplet du titre.*

265. Œuvres de Coquillart. — Œuvres de Roger de Collerye, publiées par Ch. d'Héricault. *Paris, Jannet,* 1855-57, 3 vol. in-12, cart. n. rog.

266. La Légende de maistre Pierre Faifeu, mise en vers par Charles Bourdigné. *Paris, Coustelier,* 1723, pet. in-8, v. gr.

267. Poëtes françois. *Paris, Urbain Coustelier,* 1723-24, 6 parties en 3 vol. pet. in-8, v. f. rel. anc.

Œuvres de Jean Marot. — La Légende de Pierre Faifeu. — Poésies de Martial de Paris. 2 vol. — Poésies de Coquillart. — Poésies de Guillaume Crétin.

268. La Fleur des Chansons. Les grans chansons nouvelles qui sont en nombre cent et dix. *Paris, Silvestre,* pet. in-8 carré, goth. demi-rel. ch. r. (A.)

269. Œuvres poétiques de Jean Bastier de La Péruse Angoumoisin, publ. par Gellibert des Seguins.

Paris, Jouaust, 1867, in-8, pap. vergé, demi-rel. ch. n. (*Tiré à* 200 *ex.*)

270. Les OEuvres de Clément Marot, de Cahors, vallet de chambre du Roy. *Paris, Oudin Petit*, 1551, 3 part. en 1 vol. in-16, parch. (A.)

271. OEuvres de Clément Marot, avec des observations critiques. *La Haye, Gosse et Neaulme*, 1731, 6 vol. in-12, v. gr.

272. OEuvres de Marot, valet de chambre du Roy. *Genève* (*Cazin*), 1781, 2 vol. petit in-12, v. f., fil., *portr.*

273. OEuvres de Louise Charly, Lyonnoise, dite Labé, surnommée la Belle Cordière. *Lyon, Duplain*, 1762, in-12, demi-rel. front. (A.)

274. Recueil de poésies calvinistes (1550-1566), publié par P. Tarbé. *Reims*, 1866, in-8, pap. vergé, demi-rel. ch. n. n. rog. (A.)

275. Album et OEuvres poétiques de Marguerite d'Autriche, gouvernante des Pays-Bas, publ. par E. Gachet. *Bruxelles*, 1849, in-8, demi-rel. m. bl.

276. Les OEuvres poétiques d'André de Rivaudeau, gentilhomme du bas Poitou, publ. par Mourrain de Sourdeval. *Paris, Aubry*, 1859, pet. in-8, papier vergé, demi-rel. ch. n., n. rog. (A.)

277. OEuvres de maître Adam Billaut, menuisier de Nevers. *Paris*, 1806, in-12, v. m. *Portr.* (A.)

278. OEuvres poétiques de Maynard, publ. par P. Blanchemain. *Paris, J. Gay*, 1864, in-12, demi-rel. ch. n. (A.)

279. Les Courriers de la Fronde en vers burlesques par Saint-Jullien, annotés par Moreau. *Paris, Jannet*, 1857, 2 vol. in-12. cart. n. rog.

280. Recueil de vers et de prose, XVIIe et XVIIIe siècle, in-4, de 420 pages, demi-rel. ch. r. (A.)

Manuscrit.

281. La Pharsale de Lucain, ou les Guerres civiles de César et de Pompée, en vers françois par M. de Brebœuf. *A Leide, chez Jean Elsevier*, 1658, pet. in-12, mar. rouge, fil. tr. dor. rel. anc. *titre gravé. Bel ex.* (A.)

282. Les Divertissemens de Seaux (par l'abbé Genest). *Trévoux*, 1712, in-12, v. gr. (2e partie).
Aux armes de la marquise de Pompadour.

283. Les Divertissemens de Seaux. *A Trévoux, et Paris, Ganeau*, 1712, in-12, bas. fau. (A.)

284. Recueil complet des poésies de Saint-Pavin. *Paris, Techener*, 1861, in-8, demi-rel. ch. n. (A.)

285. La Table Ronde, poëme (par Creuzé de Lesser). *Paris*, 1829, in-8, demi-rel. m. n. (A.)

286. Rhythmes et Refrains, par P. Ristelhuber. *Lyon, Perrin*, 1864, in-8, demi-rel. v. f.

2. ANCIENS POÈTES ALLEMANDS.

287. Theuerdank, herausgegeben von Carl Haltaus. *Leipzig*, 1836, in-8, demi-rel. chag. r. *fac-simile* (A.)

288. Gottfried's von Strassburg Werke. *Breslau*, 1823, 2 t. en 1 vol. in-8, demi-rel. *fig.*

289. Altdeutsches Lesebuch zum Gebrauch bei Vorlesungen, von Simrock. *Bonn, Marcus*, 1859, in-8, demi-rel. mar. bl.

290. Auswahl der Minnesänger für Vorlesungen und zum Schulgebrauch, herausg. von K. Volckmar. *Leipzig*, 1845, in-8, demi-rel. mar. r. (A.)

291. Deutsche Dichtung von der ältesten bis auf die neueste Zeit, von Wolfgang Menzel. *Stuttgard, Krabbe*, 1858, 3 vol. in-8, demi-rel. ch. vert. (A.)

292. Romvart, herausgegeben von Keller. *Mannheim*, 1844, in-8, demi-rel. v. bl.

293. Sanct Alexius Leben. Nebst geschichtlicher Einleitung. Herausg. von Massmann. *Leipzig*, 1843, in-8, demi-rel. mar. (A.)

294. Herbort's von Fritslâr liet von Troye, herausg. von Frommann. *Leipzig*, 1837, in-8, demi-rel. chag. r. (A.)

295. Andreas und Elene, herausg. von J. Grimm. *Cassel*, 1840, in-8, demi-rel. bas.

296. Ulrich von Lichtenstein, mit Anmerkungen von Theodor von Karajan, von Karl Lachmann. *Berlin*, 1841, in-8, demi-rel. ch. r.

III. ROMANS DE CHEVALERIE.

297. MOERIN. Eyn Schœne Kurtzweilige on liebliche Histori welch durch weiland Herr Herman von Sachsenheym Ritter (eyns abentheurliche) handels halbē, so im iñ Seiner iugent begegnet. beschriben und hernach die Mörin genant ist..... *Worms, Sebastianus Wagner*, 1538, in-fol. goth. de 52 feuillets, à 2 col. maroq. br. tr. dor. (*Thompson.*) 20 *belles gravures en bois.*

Bel exemplaire.

298. Bibliothèque bleue. 6 vol. in-12, demi-rel.

Histoire de Jean de Paris. *Troyes, veuve Oudot.* — Histoire de Jean de Calais. *Troyes, Baudot.* — L'Aventurier Buscon. *Troyes, veuve Oudot.* — La Vie de Gargantua. — Histoire de la Belle Heleine. *Lille, Martin.* — Les Aventures de Fortunatus. 1853.

299. Collection des Romans de Chevalerie, mis en prose française moderne, par A. Delvau. *Paris, Bachelin-Deflorenne*, 1869, 4 tomes en 2 vol. in-4, demi-rel. chag. n. *Fig.* (A.)

300. Les Romans de la Table ronde mis en nouveau langage, par P. Paris. *Paris, Techener*, 1868, 3 vol. gr. in-18, demi-rel. ch. n. tête dorée. *Fig.* (A.)

301. Lancelot du Lac. (*A la fin*) : Cy finist le premier volume de la table ronde Lancelot du lac,

nouvellement imprimé à Paris. (*Paris, Jean Petit, ou Mich. le Noir,* 1520), pet. in-fol. goth. de VI et 208 ff. à 2 col. parch. fig. (*Incomplet du titre et de 9 ff.*)

302. Le Livre du nouveau Tristan, prince de Leonnois, chevalier de la Table Ronde, et d'Yseulte, princesse d'Yrlande, royne de Cornouaille. Fait françois, par Jean Maugin, dit l'Angevin. *A Lyon, par Benoist Rigaud,* 1577, 1 tom. en 2 vol. in-16, mar. rouge, fil. tr. dor. rel. anc. (A.) (*Le titre courant est rogné à la lettre en plusieurs endroits.*)

303. Chronique de Turpin. *Paris, Silvestre,* 1835, in-4, pap. de Holl. demi-rel. ch. r. (A.)

Réimpression en gothique à 120 exemplaires (n° 84).

304. Le Roman des quatre fils Aymon, princes des Ardennes, publ. par P. Tarbé. *Reims,* 1861, in-8, pap. vergé, demi-rel. ch. n.

305. Oger le Dannois, duc de Dannemarche, qui fut l'un des douze pers de France, lequel, avec le secours et ayde du roi Charlemagne, chassa les payens hors de Romme.... *A Troyes, chez N. Oudot, s. d.,* pet. in-4, demi-rel. ch. bl. fig. en bois, *titre et plus. ff. raccommodés.* (A.)

306. Histoire des nobles prouesses et vaillances de Gallien Restauré. *Troyes, J. Garnier, s. d.,* in-4, demi-rel. v. r.

307. Histoire des nobles prouesses et vaillances de Galien Restauré. *Troyes, chez Garnier, s. d.,* pet. in-4, demi-rel. ch. r.

308. Histoire de Huon de Bourdeaux, pair de France et duc de Guyenne, contenant ces faits et actes héroïques, compris en deux livres.... *A Lyon, chez Pierre Rigaud,* 1606, in-8, mar. vert, fil., tr. dor. rel. anc. *Figure sur le titre.* (A.)

Exemplaire de Guyon de Sardière avec sa signature sur le titre.

309. Lhystoire tres recreative, traictant des faictz et gestes du noble et vaillant chevalier Theseus de

Coulongne, par sa proesse empereur de Rome.... *A Paris, pour Iehan Bonfons, libraire, demourant en la rue Neufve Nostre Dame* (*vers* 1550), in-4, goth. de 322 ff. à 2 col. de 39 lignes, demi-rel. ch. r. (*Rogné à la lettre, le titre manque, et piqué de vers.*)

310. La Cronicque du tres-vaillant et redouté Dom Flores de Grece, surnommé le chevalier des Cignes, second fils de Esplandian, empereur de Constantinople. Mise en françoys par le seigneur des Essars, Nicolas de Herberay. *Paris, Claude Micard,* 1573, in-16, mar. citr., fil., tr. dor. rel. anc. (A.) *Court de marges.*

Exemplaire de Guyon de Sardière.

311. L'Histoire de Palmerin d'Olive, filz du roy Florendos de Macedone, et de la belle Oriane.... trad. jadis par un auteur incertain de castillan en françoys, mis en lumiere selon nostre vulgaire par Jan Maugin, dit le petit Angevin. *Anvers, Waesberghe,* 1572, pet. in-4, v. fig. en bois. (A.) (*Rogné à la lettre.*)

312. L'Histoire de Primaleon de Grece, continuant celle de Palmerin d'Olive, empereur de Constantinople, son père, n'aguere tirée tant de l'italien comme de l'espagnol, et mise en nostre vulgaire par François de Vernassal, Quercinois, et G. Chappuis, Tourangeau. *A Lyon, par Benoist Rigaud,* 1577, 3 vol. in-16, v. (A.) *Mouillé, rogné à la lettre en plusieurs endroits, et un feuillet manuscrit.*

Roman de chevalerie, rare et recherché. Cet exemplaire a fait partie de la fameuse collection du comte de Toulouse, qui depuis est passée dans la bibliothèque du roi Louis-Philippe, dont il porte le cachet. (Note mss.)

313. Le Livre de Baudoyn, comte de Flandre, suivi de Fragments du Roman de Trasignyes, publ. par Serrure et Voisin. *Bruxelles,* 1836, in-8, demi-rel. ch. bl. (A.)

314. Histoire merveilleuse et notable de trois excellens et tres renommez filz de Roys, à sçavoir de France, d'Angleterre et d'Ecosse, qui firent, estans ieunes, de grandes prouesses.... *A Lyon, par Benoist Rigaud*, 1579, in-8, v. m. (A.) *Vignette sur le titre.*

Bel exemplaire.

315. Histoire du prince Erastus, fils de l'empereur Dioclétien. *Paris, Le Febvre*, 1709, in-12, v. f.

316. Histoire de Gerard, comte de Nevers, et d'Euriant de Savoye, sa mye, avec notes critiques et historiques (par Gueullette). *Paris, Ravenel*, 1728, pet. in-8, v. gr. (A.)

Exemplaire de Gueullette avec signature et notes autographes.

317. L'Ystoire du petit Jehan de Saintré, publ. par Guichard. *Paris, Gosselin*, 1843, in-12, demi-rel. ch. viol. (A.)

318. Gerard de Roussillon. S'ensuyt l'Hystoire de monseigneur Gerard de Roussillon... *Lyon, L. Perrin*, 1856, in-8, pap. vergé teinté, demi-rel. mar. bl. fac-simile. (A.)

319. Histoire du chevalier Paris et de la belle Vienne (publ. par de Terrebasse). *Paris, Crozet*, 1835, *impr. de L. Perrin*, gr. in-8, demi-rel. m. r. (A.)

Tiré à 120 exemplaires (n° 59).

320. Le Roman de Jehan de Paris, publ. par E. Mabille. *Paris, Jannet*, 1855, in-12, cart. n. rog.

321. Mélusine, par Jehan d'Arras, avec préface par Ch. Brunet. *Paris, P. Jannet*, 1854, pet. in-12, demi-rel. chagr. bl. (A.)

322. Les Notables Gestes, Faits et Conquestes du vaillant et redouté chevalier Geoffroy à la Grand Dent. *A Troyes, chez Noël Moreau*, 1614, pet. in-8, parch. *fig. sur bois.* (A.) (*Titre et 2 ff. raccommodés.*)

323. Histoire de Pierre de Provence et de la belle Maguelonne. *Troyes, Oudot,* 1705, pet. in-8, demi-rel. v. bl. *fig. s. bois.*

324. Guy de Warwick, herausg. von Schönemann. *Leipzig, Weigel,* 1842, in-8, demi-rel. ch. bl. (A.)

325. Le Livre du tres chevalereux comte d'Artois et de sa femme, fille au comte de Boulogne, publié p. la prem. fois par J. Barrois. *Paris, Techener,* 1837, in-4, fig. fac-simile, demi-rel. c. de Russie, n. rog.

326. Le Roman du Roi Flore et de la belle Jeanne, publié p. la prem. fois par Fr. Michel. *Paris, Techener,* 1838, in-12, demi-rel.

327. Histoire de Fortunatus et de ses enfans. *Paris, Costard,* 1770, pet. in-8, v. m. (A.)

328. Histoire pitoyable du prince Erastus, fils de Diocletien, empereur de Romme, traduite d'italien en françois et nouvellement corrigée. *A Lyon, par Hugues Gazeau,* 1584, in-16, demi-rel. v. f.

329. Les Sires de Gavres. *Se vend chez Vandale, à Bruxelles.* Réimpression fac-simile avec figures en couleurs. In-4, demi-rel. ch. r. (A.)

330. HUG SCHAPLER. Eiñ schöne und warhaffte Hystory von dem teüren gehertzten und mañhasstigen Hugê Schappler..... *Straszburg, Barth. Grüniger,* 1537, in-fol. goth. de 60 ff., maroq. br. tr. dor. (*Thompson.*)

Orné de 41 gravures sur bois. Bel exemplaire.

331. Histoire joyeuse et récréative de Tiel l'Espiègle, publ. par Van Duyse. *Gand, Duquesne,* 1858, in-12, pap. vergé, demi-rel. ch. n. (A.)

332. Les Chastes Amours d'Hélène de Marthe, recherchée de plusieurs amans, entre lesquels Valentin du Soleil tient le principal et plus illustre rang, par le sieur D. B. *Paris, Matthieu Guille-*

mot, 1597, in-16, v. m. tr. dor. (*Court de marges.*)

333. L'Histoire des sept sages de Rome. *A Troyes, et se vend à Paris chez Antoine de Rafflé*, 1682, pet. in-8, mar. vert, tr. dor. vign. sur bois. (*Koehler.*) (A.)

Exemplaire avec la signature de Guyon de Sardière.

334. Job ou les Pastoureaux, 1251. — Audefroi-le-Bâtard, 1272, par Fr. Michel. *Paris, Vimont*, 1832, in-8, demi-rel. ch. n. *fig.* (A.)

335. Alector, histoire fabuleuse, traduicte en françois d'un fragment divers, trouvé non entier, mais entrerompu, et sans forme de principe. *A Lyon, par Pierre Fradin*, 1560, pet. in-8, mar. bl. tr. dor. A. (*Thompson.*)

---

336. Les Cours galantes, par G. Desnoiresterres. *Paris, Dentu*, 1861, 4 vol. in-12, demi-rel. bas. (A.)

337. Les Galanteries des Rois de France (attribué à Vanel). *Cologne, P. Marteau*, 3 vol. in-12, v. m. (A.)

338. Annales galantes de la Cour de Henri II, par Mlle de Lussan. *Amst.*, 1749, 2 vol. in-12, v. m. (A.)

339. La Cour de Saint-Germain, ou les Intrigues galantes du Roy et de la Reine d'Angleterre. *Saint-Germain, J. Le Bon*, 1695, pet. in-12, demi-rel. v. f. *Fig.*

340. Les Galanteries de Mgr le Dauphin et de la comtesse du Roure. *A Cologne, chez* ***, 1696, in-12, demi-rel. v. f. *Fig.*

341. Le Triomphe de la déesse Monas, ou l'Histoire du portrait de Madame la princesse de Conti, fille du Roi. *Amst., L. Du Val*, 1698, pet. in-12, v. v. tr. dor. (A.)

342. Les Amours de Mademoiselle avec M. le comte de Lauzun. *Suiv. l'original de Paris, à Cologne, chez Michel Baur*, pet. in-12, v. (A.)

343. Histoire des amours de Lysandre et de Caliste. *Amsteldam, chez J. Ravestein*, 1663, pet. in-12, v. f. fil. titre gravé. (A.)

344. La Diana de Iorge de Monte Maior, nuevamente corregida y revista por Alonso de Ulloa. *En Venecia, por Comenzini*, 1574, 2 vol. in-12, demi-rel. v. rose.

345. Retrato al vivo del natural de la fortuna de Ant. Perez. *En Rhodanusia*, 1625, in-8, demi-rel. v. *fig.*

IV. THÉATRE.

346. Théâtre français au moyen âge, publié par de Monmerqué et Fr. Michel. *Paris, Didot*, 1842, gr. in-8, demi-rel. v. bl.

347. Mystères inédits du XVe siècle, publ. p. la prem. fois par A. Jubinal. *Paris, Techener*, 1847, 2 vol. in-8, demi-rel. chag. n.

348. La Farce du meunier de qui le diable emporte l'âme en enfer, par N. de la Vigne, publié par Fr. Michel. *Paris, Silvestre*, 1831, gr. in-8, pap. de Holl. cart.

349. La Farce de maistre Pierre Pathelin, avec son testament, à quatre personnages. *Paris, Coustelier*, 1723, in-12, c. de Russie, tr. dor. (A.)
Ex-libris Viollet-le-Duc.

V. FACÉTIES.

350. Les Quinze Joyes de mariage. Auquel on a joint le Blason des fausses amours, le Loyer des folles amours.... avec des remarques par B. de la Monnoye. *La Haye*, 1726, in-12, v. (A.)

351. Alphabet de l'imperfection et malice des femmes, par Jacques Olivier. *Paris, J. Petit-Pas*, 1636, in-12, mar. rouge, tr. dor. anc. rel. (A.) — La Defense des Femmes contre l'alphabet de leur pretendue imperfection et malice, par le sieur Vigoureux, capitaine du chasteau de Brye-Comte-Robert. *Paris, Chevalier*, 1617, pet. in-12, mar. rouge, tr. dor. Ens. 2 vol.

Le premier volume est très-rogné en tête.

352. Le Tableau des piperies des femmes mondaines, où par plusieurs histoires se voyent les ruses et artifices dont elles se servent. *A Cologne, chez P. du Marteau (à la Sphère)*, 1685, pet. in-12, mar. citr. tr. dor. rel. anc. (A.)

Très-rare.

353. Histoire maccaronique de Merlin Coccaie, prototype de Rabelais. *Paris, Toussaincts du Bray*, 1606, 2 vol. in-12, v. f.

VI. PHILOLOGIE.

354. Mélanges de Littérature grecque, par E. Miller. *Paris, Impr. imp.*, 1868, gr. in-8, br.

355. Récréations philologiques, par F. Génin. *Paris, Chamerot*, 1856, 2 vol. in-8, demi-rel. ch. r. (A.)

356. La France littéraire. Morceaux choisis de littérature française, recueillis par Herrig et Burguy. *Brunsvic*, 1856, in-8, demi-rel. ch. vert. (A.)

357. Jahrbuch für Romanische und Englische Literatur von F. Wolf, herausg. von A. Ebert. *Berlin*, 1859, 3 vol. in-8, demi-rel. ch. n. (A.)

358. Les Romans de la Table Ronde et les Contes des anciens Bretons, par Hersart de la Villemarqué. *Paris*, 1860, in-12, demi-rel. m. r. (A.)

359. Osservazioni sulla poesia de' trovatori e sulle principali maniere e forme di essa confrontate colle antiche italiane di G. Galvani. *Modena*, 1829, in-8, demi-rel. m. r. (A.)

360. Espagne et Provence. Études sur la littérature du midi de la France par E. Baret. *Paris, Durand*, 1857, in-8, demi-rel. (A.)

361. Histoire poétique de Charlemagne, par G. Paris. *Paris, Franck*, 1865, in-8, demi-rel. v. f. (A.)

362. Benoît de Sainte-More et le Roman de Troie, ou les Métamorphoses d'Homère et de l'Epopée gréco-latine au moyen âge, par A. Joly. *Paris, Franck*, 1870, in-4, demi-rel. chag. rouge. (A.)

363. Le Parcival de Wolfram d'Eschenbach et la Légende du Saint-Graal ; études sur la littérature du moyen âge, par Heinrich. *Paris*, *Franck*, 1855, in-8, demi-rel. m. r. (A.)

364. Notice historique et critique du Roman de Partonopex de Bloys, par de Roquefort. *Paris, Impr. imp.*, 1811, in-4, demi-rel. (A.)

365. Ueber einen bisher unbekannten Percheval Li Galois, von A. Rochat. *Zürich*, 1855, in-8, demi-rel. chag. n.

366. Parcival-Studien. Drittes Heft von San-Marte. *Halle*, 1862, in-8, demi-rel. v. rose.

367. Le Poëme de Roncevaux. (Analyse.) Pet. in-4, parch. (A.)

Manuscrit du XVIIe siècle sur parchemin, composé de 87 feuillets.

368. Essai sur les écrits politiques de Christine de Pisan, par R. Thomassy. *Paris*, 1838, in-8. demi-rel.

369. Molière-Studien. Ein Namenbuch zu Molière's Werken, von H. Fritsche. *Danzig*, 1868, in-8, demi-rel. v. rose.

370. Miscellaneen zur Geschichte der teutschen Literatur, von Docen. *München*, 1807, 2 vol. in-8, demi-rel. ch. n. (A.)

371. Romans et Épopées chevaleresques de l'Allemagne au moyen âge, par de Bonstetten. *Paris, Franck*, 1847, in-8, demi-rel. ch. n. (A.)

372. Les Chevaliers-poëtes de l'Allemagne (Minnesinger), par O. d'Assailly. *Paris, Didier*, 1862, in-8, demi-rel. mar. r. (A.)

373. Der Nibelunge Not mit der Klage. In der Altesten gestalt mit den Abweichungen der Gemeinen Lesart, herausg. von Karl Lachmann. *Berlin*, 1826, in-4, demi-rel. v. f.

VII. ÉPISTOLAIRES. — POLYGRAPHES.

374. Lettres de Marguerite d'Angoulême, sœur de François Ier, publ. par F. Génin. *Paris, Renouard*, 1841, in-8, demi-rel. v. bl.

375. Correspondance de l'empereur Maximilien Ier et de Marguerite d'Autriche (1507-1519), publ. par Le Glay. *Paris, Renouard*, 1839, 2 vol. in-8, demi-rel. v. bl.

376. Correspondance inédite de Henri IV, roi de France, avec Maurice le Savant, avec notes par de Hommel. *Paris, Renouard*, 1840, in-8, demi-rel. ch. *Portrait*. (A.)

377. Nouvelles Lettres de Mme la duchesse d'Orléans, princesse palatine, mère du Régent, trad. par G. Brunet. *Paris, Charpentier*, 1853, in-12, demi-rel. v. f.

378. Correspondance littéraire, philosophique et critique adressée à un souverain d'Allemagne dep. 1753 jusqu'en 1769, par le baron de Grimm et Diderot. *Paris, Longchamps*, 1813, 17 vol. in-8, bas. gr.

379. Correspondance inédite de la comtesse de Sabran et du chevalier de Boufflers (1778-1788), publ. par de Magnien et Prat. *Paris, Plon*, 1875, in-8, br. *Portr.*

380. Lettres à une inconnue, par P. Mérimée, préc. d'une Etude par Taine. *Paris, Lévy*, 1874, 2 vol. in-8, br.

381. Traduction des Discours d'Eumène, par les abbés Landriot et Rochet, préc. d'une notice sur Autun. *Autun*, 1854, in-8, demi-rel. bas. (A.)

382. Le Discours d'Isocrate sur lui-même, trad. en français pour la prem. fois par A. Cartelier, revu par E. Havet. *Paris, Impr. imp.*, 1862, in-8, demi-rel. bas.

383. Euphormionis Lusinini sive Joannis Barclaii Satyricon. *Lugd. Batav., apud Elsevirios*, 1637, pet. in-12, demi-rel. ch. r. *titre gravé.* (A.)

384. Des. Erasmi Rotterod. Colloquia, nunc emendatiora. *Amstelod., ex off. Elzevir.*, 1655, pet. in-12, front. gr. v. f. fil. tr. dor. Anc. rel. (A.)

385. OEuvres choisies du Roi René, avec une Biographie et des Notices, par le comte de Quatrebarbes. *Paris, Picard*, 1849, 2 t. en 1 vol. gr. in-4, demi-rel. v. bl. *Planches.* (A.)

386. OEuvres de Rabelais. *Genève (Cazin)*, 1782, 4 vol. pet. in-18, v. m. tr. dor. *Portr.*

387. OEuvres de Rabelais. *Paris, L. Janet*, 1823, 3 vol. in-8, demi-rel.

388. OEuvres du seigneur de Brantôme, nouvelle édition, avec remarques critiques et historiques. *La Haye*, 1740, 15 vol. pet. in-12, v. f. fil. tr. dor. *Portr. et front.*

389. OEuvres complètes de P. de Bourdeille, seigneur de Brantôme, publiées par L. Lalanne. *Paris, veuve J. Renouard*, 1864-75, 8 vol. in-8, br.

390. Balzac (Guez de). OEuvres diverses. *Leide, chez les Elseviers*, 1651. — Aristippe, ou de la Cour, *Leide, J. Elsevier*, 1658. — OEuvres choisies. *Leide, chez les Elseviers*, 1652. Ens. 3 vol. pet. in-12, chag. r. (A.)

391. Les OEuvres de Monsieur de Voiture. *Paris, A. Courbé*, 1650, pet. in-4, demi-rel. v. *Portr.*

392. OEuvres du Philosophe de Sans-Souci (Frédéric II). *Neuchâtel*, 1760, 3 vol. pet. in-12, mar. r. fil. tr. dor. (*Padeloup.*)

393. Trésor des pièces rares ou inédites. *Paris, Aubry*, 1856-60, 11 vol. pet. in-8, pap. vergé, cart. n. rog.

Philobiblion. — Funérailles d'Anne de Bretagne. — Opuscules relatifs à Jeanne d'Arc. — Chansons de Guillaume de Ferrières. — Livre de la chasse du grand seneschal de Normandie. — Vers de Henri Baude. — Chants historiques et populaires du temps de Charles VII. — Paris au XIIIe siècle. — Procès de Ravaillac. — La Journée des madrigaux. — OEuvres inédites de Ronsard.

394. Jean Paul's sämmtlichWe erke. *Berlin, Reimer*, 1860, 34 tom. en 17 vol. in-18, cart.

395. Goethe's und Schiller's sämmtliche Werke. *Paris*, 1836, 6 vol. gr. in-8, br.

396. OEuvres de Gessner, trad. par Huber. *Zuric*, 1768, in-12, mar. rouge, fil. tr. dor. *Petites vignettes.* (A.)

HISTOIRE.

I. GÉOGRAPHIE. — VOYAGES.

397. Dictionnaire géographique universel de Baudrand. *Utrecht, G. van Poolsum*, 1712, in-4, v. f. rel. anc. (A.)

398. Description abrégée des principales régions de la terre, tirée des plus fameux voyageurs, p. s. d'introd. à la Géografie. *Paris, Langlois*, 1728, in-8, v. m. 89 *figures de costumes*.

399. Spruner-Menke : Atlas antiquus. *Gothæ, Perthes*, 1865, in-fol. obl. demi-rel. bas. *Cartes coloriées*.

400. Atlas universel d'histoire et de géographie, par Bouillet. *Paris, Hachette*, 1872, gr. in-8, demi-rel. ch. n. *Cartes coloriées*.

401. Dionysii Byzantii de Bospori navigatione quæ supersunt, edidit Wescher. *Parisiis, typ. publ.*, 1874, gr. in-8, br.

402. Voyage autour de la mer Morte, par de Saulcy. *Paris, Gide*, 1853, 2 tomes en 1 vol. gr. in-8, demi-rel. ch. vert. (A.)

403. Description de la Palestine, par V. Guérin (Judée et Samarie). *Paris, Impr. imp.*, 1868-75, 3 vol. gr. in-8, br. *Cartes*.

404. Dictionnaire de la Perse et des contrées adjacentes, par Barbier de Meynard. *Paris, Impr. imp.*, 1861, gr. in-8, br.

405. Le Nord de l'Afrique dans l'antiquité grecque et romaine, par Vivien de Saint-Martin. *Paris, Impr. imp.*, 1863, gr. in-8, br. *Cartes*.

406. La Kabylie et les Coutumes kabyles, par A. Hanoteau et A. Letourneux. *Paris, Impr. imp.*, 1872, 3 vol. gr. in-8, demi-rel. ch. n. (A.)

407. Promenade autour du monde en 1871, par le baron de Hübner. *Paris, Hachette*, 1873, 2 vol. in-8, br.

408. Nouveaux Voyages en zigzag, par Töpffer. *Paris, Garnier*, 1870, gr. in-8, demi-rel. chag. r., tr. dor. *Fig.*

II. HISTOIRE DE FRANCE.

409. Hadriani Valesii Notitia Galliarum ordine litterarum digesta. *Parisiis, Léonard,* 1675, in-fol. v. br. (A.)

410. Notice de l'ancienne Gaule tirée des monumens romains, par d'Anville. *Paris, Desaint,* 1760, in-4. v. m. *Carte.*

411. Recueil des historiens des Gaules et de la France, publ. par Guigniaut et de Wailly. *Paris, Impr. imp.*, 1855-65, 2 vol. in-fol. br. (tomes XXI et XXII).

412. Diplomata, Chartæ, Epistolæ, Leges ad res gallo-francicas spectantia, collecta a de Bréquigny et la Porte du Theil. *Lut. Paris., ex Typ. reipublicæ,* 1849, in-fol. br. (tome II°).

413. Table chronologique des diplômes, chartes, titres et autres imprimés concernant l'histoire de France, par de Bréquigny, continuée par Pardessus. *Paris,* 1850-63, 2 vol. in-fol. br. (tomes VI et VII).

414. Catalogue de l'Histoire de France, publié par ordre de l'Empereur. Bibliothèque impériale. Dép[t] des imprimés. *Paris, F. Didot,* 1855, 2 vol. in-4, bas. rac. (A.) (tomes I et II.)

415. Musée des Archives de l'empire. Actes importants de l'Histoire de France et autographes des hommes célèbres. *Paris, Plon,* 1867-69, 44 livr. in-4.

416. Collection générale des Documents français qui se trouvent en Angleterre, recueillis et publiés par J. Delpit. *Paris, Dondey-Dupré,* 1847, in-4, demi-rel. b. f. (A.) *tome I*[er].

417. Annales de la monarchie françoise, par de Limiers. *Amsterdam,* 1724, gr. in-fol. v. br. *Planches.*

418. Antiquités nationales, ou Recueil de monuments pour servir à l'histoire générale et particulière de l'Empire français, par Millin. *Paris*, 1790, 5 vol. in-4, et atlas, demi-rel. bas. f. (A.)

419. Annuaire historique, ou Histoire politique et littéraire des années 1818 à 1847, par Lesur. *Paris*, 30 vol. in-8, demi-rel.

420. Annuaire historique publié par la Société de l'Histoire de France. *Paris, Renouard*, 1838-63, 25 vol. pet. in-12, demi-rel.

421. La France au temps des Croisades, par de Vaublanc. *Paris, Techener*, 1844, 4 vol. in-8, br.

422. Recueil des traictés de confédération et d'alliance entre la Couronne de France et les princes et Estats étrangers. *S. l., à la Sphère*, 1651, pet. in-8, v. f. tr. dor. (A.)

423. Dictionnaire de l'ancienne France, par Gourdon de Genouillac. *Paris, Dentu*, 1862, in-8, demi-rel. ch. n. (A.)

424. Dictionnaire historique de la France, par L. Lalanne. *Paris, Hachette*, 1872, gr. in-8, demi-rel. ch.

425. Histoire du Gouvernement parlementaire en France, par Duvergier de Hauranne. *Paris, Lévy*, 1857, 2 vol. — Politique libérale, par Ch. de Rémusat. *Paris, Lévy*, 1875. — Du Pouvoir, par l'abbé Raboisson. *Paris, Plon*, 1874. Ens. 4 vol. in-8, br.

426. Histoire de France principal. pendant le XVIe et le XVIIe siècle, par L. Ranke, trad. par Porchat. *Paris, Klincksieck*, 1854, 3 vol. in-8, demi-rel. ch. n. (A.)

427. Histoire des races maudites de la France et de l'Espagne, par Fr. Michel. *Paris, Franck*, 1847, 2 tomes en 1 vol. in-8, demi-rel. v. bl.

428. Histoire des hôtelleries, cabarets, courtilles, par Fr. Michel et Ed. Fournier. *Paris,* 1859, 2 vol. gr. in-8, demi-rel. bas. *Fig.* (A.)

429. Mélanges historiques, satiriques et anecdotiques de M. de Boisjourdain. *Paris,* 1807, 3 vol. in-8, demi-rel. v. f.

430. Mœurs et Caractères du XIXe siècle, par Gallais. *Paris,* 1817, 2 vol. in-8, demi-rel. chag. n. *Fig.* (A.)

---

431. Chroniques de Froissart, publ. par Siméon Luce. *Paris, veuve J. Renouard,* 1869, 5 tomes en 6 parties in-8, br.

432. Cronique et Histoire faicte et composée par feu messire Philippe de Commines, contenant les choses advenues durant le règne du Roy Loys unziesme et Charles huictiesme. *Paris, Galliot du Pré,* 1546, in-8, parch.

433. Les Mémoires de Philippe de Commines, sieur d'Argenton. *A Leide, chez les Elseviers,* 1648, pet. in-12, mar. r. dent. tr. dor. rel. anc. (A.) (*Légères mouillures au bas des prem. ff.*)

434. Mémoires de Philippe de Commynes, publ. par Mlle Dupont. *Paris, Renouard,* 1840, 3 vol. in-8, demi-rel. v. bl.

435. La Chronique d'Enguerran de Monstrelet, publ. par Douët d'Arcq. *Paris, Renouard,* 1857, 6 vol. in-8, demi-rel. v. bl. (A.)

436. Richer, Histoire de son temps ; texte reproduit avec trad. franç. par Guadet. *Paris, J. Renouard,* 1845, 2 vol. in-8, demi-rel. v. bl. (A.)

437. Jean, sire de Joinville. Histoire de saint Louis, Credo et Lettre à Louis X, texte original avec trad. par N. de Wailly. *Paris, F. Didot,* 1874, gr. in-8, d. et c. mar. r. tête dorée, n. rog. *Planches et fac-simile en chromolith.*

438. Vie de saint Louis, Roi de France, par Le Nain de Tillemont, publ. par de Gaulle. *Paris, Renouard*, 1847, 6 vol. in-8, demi-rel. v. bl.

439. Histoire de la vie, faicts heroïques et voyages, de très-valleureux prince Loys, III, Duc de Bourbon... fils de saint Louys. Imprimé sur le ms. de la bibliothèque de feu M. Papirius Masson Forésien. *Paris, Fr. Huby*, 1612, in-8, bas. (A.)

440. Choix de pièces inédites relatives au règne de Charles VI, publiées par Douët d'Arcq. *Paris, Renouard*, 1863, 2 vol. in-8, br.

441. Histoire des règnes de Charles VII et de Louis XI, par Thomas Basin, publ. par J. Quicherat. *Paris, Renouard*, 1855, 4 vol. in-8, br.

442. Histoire de Charles VIII, roi de France, par Guillaume de Jaligny, recueillie par Godefroy. *Paris, Impr. roy.*, 1684, in-fol. v. f.

443. Histoire de Charles VIII, roi de France, par de Cherrier. *Paris, Didier*, 1868, 2 vol. in-8, demi-rel. bas. f. (A.)

444. Louis XII et François Ier, par Rœderer. *Paris*, 1825, 3 vol. in-8, demi-rel. b.

445. Histoire de François Premier, roi de France, par Gaillard. *Paris, Foucault*, 1819, 5 vol. in-8, demi-rel. chag. n., n. rog. *Portr.* (A.)

446. Rivalité de François Ier et de Charles-Quint, par Mignet. *Paris, Didier*, 1875, 2 vol. in-8, br.

447. Instruction et devis d'un vray chef de guerre ou général d'armée, recueilly des Mémoires de Mme Gaspard de Saulx, sœur de Tavannes, par Ch. de Neufchaises. *Paris, Hulpeau*, 1574, pet. in-8, v. f. court de marges. (A.)

448. Les Lettres de Nicolas Pasquier, fils d'Estienne, sur les affaires arrivées en France soubs les règnes de Henry le Grand et Louis XIII. *Paris*, 1623, in-8, demi-rel. (A.)

449. Le Soldat françois (par P. de l'Hostal). 1604. — Le Capitaine au soldat françois. 1605. — Discours fait au Roy par Mathault. 1605. — Appointement de querelle, fait par Mathurine. 1605. — Le Pacifique, ou l'Anti-soldat françois. 1604. Ens. 5 vol. petit. in-12, demi-rel. v. r.

450. La Conspiration, prison, jugement et mort du duc de Biron. Ensemble le procez de Jean L'Hoste. *Honnefleur, Jean Petit*, 1606. — Procédure faicte contre Jean Chastel, escholier estudiant au College des Jesuites pour le parricide par luy attenté sur la personne du Roy Henry IIII, avec l'hist. prodigieuse du detestable parricide attenté contre ledit Roy par P. Barriere, à la suscitation des Jésuites. *Paris*, 1595. En 1 vol. pet. in-8, v. m.

451. Recueil de 25 pièces publiées à Paris en 1615. En un vol. pet. in-8, demi-rel. ch. rouge. (A.)

Le Gentilhomme bourguignon. — La Rencontre de Henry le Grand au roy touchant le voyage d'Espagne. — Le Censeur. — Lettre du courrier de l'autre monde. — Le Diogène françois. — Le Tondeux qui court en certains quartiers de la France. — Le Protecteur des princes. — Lettre du bon François à Monsieur le Prince. — Lettre de Monsieur de Lorraine envoyée au duc de Mayenne. — Lettre de monseigneur le duc de Longueville, au roy, etc., etc.

452. Recueil des pièces les plus curieuses qui ont esté faites pendant le règne du connestable M. de Luyne. *S. l.*, 1628, pet. in-8, demi-rel. d. et c. mar. r.

453. Mémoires de M. D. L. R. (de La Rochefoucauld) sur les brigues à la mort de Louys XIII. *Cologne, P. Van Dick, à la Sphère*, 1677, pet. in-12, v. m.

454. Recueil de diverses pièces pour servir à l'histoire de Henri III, Roy de France et de Pologne. *A Cologne, chez P. du Marteau*, 1666, *à la Sphère*, mar. r. tr. dor. (A.)

455. Mémoires relatifs aux troubles de la Fronde. In-fol. v. br. (A.)

Manuscrit du temps contenant : Mémoires de M. de la Châtre, 1644.

— Response faicte aux mémoires de M. de la Chastre, par le comte de Brienne — Mémoires de M. le duc de la Rochefoucauld. — Lettres du cardinal Mazarin. — Apologie de M. de Beaufort, etc.

456. Le Ministre d'Estat, avec le véritable usage de la Politique moderne, par le sieur de Silhon. *A Leide, chez J. Marci,* 1643, pet. in-12, demi-rel. ch. r. *titre gr.* (A.)

457. Les Affaires qui sont aujourd'huy entre les maisons de France et d'Austriche. *S. l.* (*Els.*), *à la Sphère,* 1662, pet. in-12, demi-rel. ch. bl. (A.)

458. Traité de la Politique de France, par Monsieur B. H. marquis de C. (Hay de Chastelet). *Utrecht, chez P. Elzevier,* 1670, *à la Sphère,* 2 part. en 1 vol. pet. in-12, bas. (A.) *Noms ms. au verso du titre.*

459. Recueil de diverses pièces curieuses pour servir à l'histoire. *Cologne* (*Els.*), *à la Sphère,* par J. Ducastel, 1664, pet. in-12, bas. fau. (A.)

460. Lettres, Instructions et Mémoires de Colbert, publiés par P. Clément. *Paris, Impr. imp.,* 1861-68, 5 tomes en 7 part. gr. in-8, br.

461. La Police sous Louis XIV, par P. Clément. *Paris, Didier,* 1866, in-8, demi-rel. chagr. n. (A.)

462. Journal et Mémoires de Mathieu Marais, avocat au Parlement de Paris (1715-1737), publ. par de Lescure. *Paris, Didot,* 1863, 4 vol. in-8, demi-rel. b.

463. Annales de la Cour et de Paris. *Cologne, P. Marteau,* 1739, 2 vol. pet. in-12, v. gr.

464. La Gazette noire, par un homme qui n'est pas blanc, ou œuvres posthumes du Gazetier cuirassé (Théveneau de Morande). *Imprimé à cent lieues de la Bastille,* 1784, in-8, demi-rel. v. f.

465. Gustave III et la Cour de France, par A. Geffroy. *Paris, Didier,* 1867, 2 vol. in-8, demi-rel. ch. n. *Portraits et fac-simile.* (A.)

466. Nouvelles à la main sur la Comtesse Du Barry, revues par E. Cantrel. *Paris, Plon*, 1861, in-8, demi-rel. v. m. *Portraits.* (A.)

467. Histoire générale de la Révolution française, par Vivien. *Paris*, 1845, 4 vol. gr. in-8, demi-rel. *Fig.*

468. Histoire de la Société française pendant la Révolution et le Directoire, par E. et J. de Goncourt. *Paris, Dentu*, 1854-55, 2 t. en 1 vol. gr. in-8, demi-rel. bas.

469. Histoire de la Révolution de 1848, par Daniel Stern (la Ctesse d'Agout). *Paris, Charpentier*, 1862, 2 vol. in-12, demi-rel, (A.)

470. Histoire du Second Empire, par T. Delord. *Paris, Germer-Baillière*, 1869, 2 vol. in-8, br.

471. Les Murailles politiques françaises du 4 septembre 1870 au 27 mai 1871. *Paris*, 1874, 3 vol. in-4, br.

III. HISTOIRE DE PARIS ET DES PROVINCES DE FRANCE.

472. Histoire générale de Paris. Collection de Documents fondée par M. le b[on] Haussmann et publiée sous les auspices du Conseil municipal. *Paris*, 1866-69, 7 vol. gr. in-4. cart. n. rog. et atlas.

Introduction. — Plans de restitution. — Anciennes bibliothèques de Paris (tomes I et II). — Cabinet des manuscrits (tome Ier). — Topographie du vieux Paris (Louvre et Tuileries). — Paris et ses historiens. — La Seine et le Bassin parisien, 2 vol.

473. Les Annales générales de la Ville de Paris, par Malingre. *Paris, P. Rocolet*, 1640, in-fol. v. br. (A.)

474. Les Antiquitez de la Ville de Paris, cont. la Recherche nouvelle des fondations, établissemens des Églises, Chapelles, Hôtels, maisons, etc., par Claude Malingre. *Paris, P. Rocolet*, 1640, in-fol. v. br. (A.)

475. Paris ancien et moderne, ou histoire de ses monuments, d'après les historiens de Paris les plus estimés. *Paris, Le Roi,* 1842, 3 vol. in-4, demi-rel. bas. (A.)

476. Description de la Ville de Paris, au xve siècle, par Guillebert de Metz, publiée par Le Roux de Lincy. — La Ruelle mal assortie. *Paris, Aubry,* 1855, 2 vol. pet. in-8, demi-rel. mar. r. pap. vergé, n. rog.

477. Les Tombeaux, le Tresor et les Raretez qui se voyent dans l'Eglise royale de Saint-Denis. *Paris, Chardon,* 1733-35, 3 part. en 1 vol. in-12, v. f.

478. Dictionnaires topographiques des départements de l'Aube, Morbihan, Haut-Rhin, Hérault, B.-Pyrénées, Nièvre et Meuse, publ. par ordre du Ministère de l'Instruction publique. *Paris, Impr. imp.,* 1865-74, 6 vol in-4, br.

479. L'Histoire et Cronique de Normandie. *Rouen, Martin Le Mesgissier,* 1589, in-8, v. m. (*Aux armes de Saint-Ange.*)

A la suite : Description du pays et duché de Normandie, extrait de la Cronicque de Normandie faicte par Jean Nagerel. *Rouen,* 1589.

480. La Seine-Inférieure historique et archéologique, par l'abbé Cochet. *Paris, Derache,* 1864, in-4, demi-rel. chagr. n. *Carte et fig.* (A.)

481. Répertoire archéologique du dép^t de la Seine-Inférieure, par l'abbé Cochet. *Paris, Impr. nat.,* 1871, in-4, demi-rel. chag. rouge. (A.)

482. Supplément à l'Histoire du Beauvaisis, par Simon. *Paris, Cavelier,* 1704, in-12, v. (A.)

Comprenant le nobiliaire du Beauvaisis.

483. Recherches sur le lieu de la Bataille d'Attila en 451, par Peigné-Delacourt. *Paris, Claye,* 1860, in-4, cart. *Planches chromolithographiées.*

484. Histoire du Château et du Bourg de Blandy, en Brie, par Taillandier. *Paris, Dumoulin,* 1854, in-8, pap. vergé, demi-rel. b. r. *Plan et fig.* (A.)

485. Histoire de Château-Thierry, par l'abbé Poquet. *Château-Thierry*, 1839, 2 vol. in-8, br. *Fig.*

486. Essais historiques sur le dép[t] de Seine-et-Marne. *S. l. n. d.* in-8, demi-rel.

487. Étude sur les travaux d'achèvement de la Cathédrale de Troyes (1450-1630), par L. Pigeotte. *Paris, Didron*, 1870, in-8, pap. vergé, br. *Fig.*

488. Les Coustumes du bailliage de Victry en Partois, *Paris, Jehan Petit*, 1515, in-8, goth. demi-rel. v. f. (A.)

Le feuillet 24 est manuscrit.

489. Études historiques sur l'ancienne Lorraine, par V. de Saint-Mauris. *Nancy*, 1861, 2 vol. in-8, demi-rel. ch. bl. (A.)

490. Études sur la Géographie historique de la Gaule et spécialement sur les divisions territoriales du Limousin au moyen âge, par Max. Deloche. *Paris, Imp. impr.*, 1861, in-4, demi-rel. ch. r. *Cartes.* (*A.*)

491. Contes et proverbes populaires recueillis en Armagnac par Bladé. *Paris, Franck*, 1867, in-8, demi-rel. b.

492. Recherches sur les Antiquités gauloises et romaines de la province de Saintonge, par Bourignon. *Saintes, Meaume*, 1801, in-4, demi-rel. bas. (A.) (*Titre mouillé.*)

493. Documents historiques sur l'Angoumois, publiés par la Société archéologique de la Charente. *Paris, Aubry*, 1864, gr. in-8, br. (*Tiré à 200 ex.*)

494. La Guienne militaire. Histoire et description des villes fortifiées, forteresses et châteaux construits pendant la domination anglaise, par Léo Drouyn. *Bordeaux et Paris*, 1865, 2 vol. in-4, demi-rel. mar. r. t. dor., n. rog. *Cartes et Planches gravées à l'eau-forte.*

495. Conseil général du Dép[t] de la Gironde. Procès-verbaux des Délibérations. *Bordeaux,* 1845-1868, 19 vol. in-8, demi-rel. b. f. (A.) Manquent les années 1851, 1854, 1858, 1859, 1861, 1862 et 1867.

496. Livre des Bouillons. *Bordeaux, Gounouilhou,* 1867, in-4, pap. vergé, demi-rel. chag. rouge, *fac-simile.* (A.)

497. Catalogue du musée de Narbonne et notes histor. sur cette ville par Tournal. *Narbonne,* 1864, in-8, demi-rel. ch. n. (A.)

498. Histoire de la Communauté des marchands fréquentant la rivière de Loire, par Mantellier. *Orléans,* 1867, gr. in-8, demi-rel. (A.)

499. Bibracte, par Xavier Garenne. *Autun,* 1867, in-8, demi-rel. bas. *Planches.* (A.)

500. Histoire des principales fondations religieuses du bailliage de la Montagne en Bourgogne, par Mignard. *Paris, Aubry,* 1864, in-4, br. *Planches.* (*Tiré à* 120 *ex.*)

501. Les Divers Caractères des ouvrages historiques, avec le plan d'une nouvelle histoire de la ville de Lyon, par le P. Menestrier. *Lyon, De Ville,* 1694, in-12, demi-rel. v. f. (A.)

502. Description des Antiquités et Objets d'art contenus dans les salles du Palais-des-Arts de la ville de Lyon, par A. de Comarmond. *Lyon, Dumoulin,* 1855, in-4, demi-rel. bas. 28 *planches.* (A.)

503. Histoire hagiologique du diocèse de Gap, par Depéry. *Gap,* 1852, gr. in-8, br. *Portr.*

504. Explication des cérémonies de la Fête-Dieu d'Aix en Provence. *Aix,* 1777, in-12, demi-rel. *Pl.*

505. Mémoires pour servir à l'histoire de la fête des Foux, par Du Tilliot. *Lausanne et Genève,* 1751, in-12, bas. rac. *figures* (A.)

IV. HISTOIRE ÉTRANGÈRE.

506. Bibliothèque historique de Diodore de Sicile, trad. du grec par Miot. *Paris, Impr. roy.*, 1834, 7 vol. in-8, demi-rel. v. bl.

507. Recherches sur les établissements des Grecs en Sicile, par Brunet de Presle. *Paris, Impr. roy.*, 1845, gr. in-8, demi-rel. ch. vert. *Carte.* (A.)

508. Relations politiques et commerciales de l'Empire romain avec l'Asie orientale, par Reinaud. *Paris, Impr. imp.*, 1863, in-8, demi-rel. ch. vert. (A.) *Lettre d'envoi.*

509. Historia imperial y Cesarea : en la qual se contienen las vidas y hechos de todos los Cesares Emperadores de Roma, por Pero Mexia. *Basilea, Oporino*, 1547, in-fol. peau de truie, gaufr. à froid. *Bel exempl.*

510. Histoire d'Italie, par Guicciardini, avec Notice par Buchon. *Paris*, 1836, gr. in-8, demi-rel. v. bl.

511. Italie et Renaissance, par J. Zeller. *Paris, Didier*, 1869, in-8, demi-rel. (A.)

512. Tableau chronologique, historique et critique des Papes de tous les siècles, jusqu'au commencement du XIXe, par l'abbé Brédéault, curé de Lusigny-sur-Ouche (Côte-d'Or). Pet. in-fol. de 309 p. demi-rel. parch. (A.)

Manuscrit autographe de l'auteur.

513. Histoire de la lutte des Papes et des Empereurs de la maison de Souabe, par de Cherrier. *Paris, Furne*, 1858, 3 vol. in-8, demi-rel. mar. n. (A.)

514. Histoire de la Papauté, pend. les XVIe et XVIIe siècles, par L. Ranke, trad. par Haiber. *Paris*, 1838, 4 vol. in-8, demi-rel. ch. n. n. rog. (A.)

515. Sixte-Quint, par le baron de Hübner. *Paris, Franck,* 1870, 3 vol. in-8, demi-rel. bas. (A.)

516. Recueil des Historiens des Croisades. *Paris, Impr. imp.,* 1864, in-fol. br.

Documents arméniens, tome premier.

517. Recueil des Historiens des Croisades. Historiens occidentaux. *Paris, Impr. roy.,* 1844-1866, 3 tomes en 4 vol. in-fol. demi-rel. d. et c. mar. r. (A.)

518. De la Conqueste de Constantinople, par Joffroi de Villehardouin et Henri de Valenciennes, publ. par P. Paris. *Paris, Renouard,* 1838, in-8, demi-rel. v. bl.

519. Histoire de Jérusalem, par Poujoulat. *Paris. Hiver,* 1842, 2 vol. in-8, br.

520. Histoire de l'île de Chypre sous le règne des princes de la maison de Lusignan, par de Mas-Latrie. *Paris, Impr. imp.,* 1861-65, 3 vol. gr. in-8, br.

521. L'Espagne sous Ferdinand VII, par le marquis de Custine. *Paris, Ladvocat,* 1838, 4 t. en 2 vol. in-8, demi-rel.

522. Charles-Quint, son abdication, son séjour et sa mort au monastère de Yuste, par Mignet. *Paris, Paulin,* 1854, in-8, demi-rel. chag. r. n. rog.

523. Anchiennes Cronicques d'Engleterre, par Jehan de Wavrin, publ. par Mlle Dupont. *Paris, Renouard,* 1858, 3 vol. in-8, br.

524. Histoire d'Angleterre par J. Lingard, trad. par Baxton, continuée par de Marlès. *Paris,* 1841, 5 vol. gr. in-8, demi-rel. v. bl.

525. Mémoires de Frédéric II, roi de Prusse, écrits en français par lui-même, publ. avec des notes et tables par MM. E. Boutaric et E. Campardon. *Paris, H. Plon,* 1866, 4 vol. in-8, demi-rel. maroq. n. (A.)

PARALIPOMÈNES HISTORIQUES.

I. CHEVALERIE, NOBLESSE. — ART DU BLASON.

526. Mémoires sur l'ancienne chevalerie, par de La Curne de Sainte-Palaye. *Paris*, 1759, 2 vol. in-12, v. m. (A.)

527. Dissertations historiques et critiques sur la Chevalerie ancienne et moderne, par le R. P. Honoré de Sainte-Marie. *Paris, Pépie*, 1717, in-4, bas. (A.)

528. Cérémonies des gages de bataille selon les constitutions du bon roi Philippe de France, représentées en onze figures, publ. par Crapelet. *Paris, impr. de Crapelet*, 1830, gr. in-8, pap. vélin, demi-rel. ch. r. (A.)

529. Histoire de l'ordre royal et militaire de Saint-Louis, par Mazas. *Paris, F. Didot*, 1860, 3 vol. gr. in-8, demi-rel. bas. (A.)

530. L'Ordre de Malte, ses grands maîtres et ses chevaliers, par de Saint-Allais. *Paris*, 1839, in-8, demi-rel. v.

531. Traité des marques nationales, par Beneton de Morange. *Paris*, 1739, in-12, demi-rel.

532. Recueil alphabétique de généalogies de familles françaises. In-fol. rel. mod. en bas. (*Armoiries sur les plats.*)

Manuscrit d'une belle écriture du commencement du XVIIe siècle.

533. Armorial de France de la fin du XIVe siècle, publié par Douët-d'Arcq. *Paris, Dumoulin*, 1859, in-8, demi-rel. v. f. (A.)

534. Le César armorial, ou Recueil des armes et blasons des principales et nobles maisons de France (par César de Grandpré). *Paris, veuve J. Petitpas*, 1645, pet. in-12, b. m. *Armoiries.*

535. Trésor héraldique, ou Mercure armorial, par Ch. Segoing. *Paris, Clousier*, 1657, in-fol. bas. m. fig. (A.) (*Titre doublé.*)

536. Armorial universel cont. les armes des principales maisons, Estatz et dignitez des plus considérables de l'Europe, par Segoing. *Paris, Jailliot*, 1679, pet. in-fol. v. gr. *Entièrement gravé.* (A.)

537. Dictionnaire héraldique cont. les armes et blasons des princes, prélats, etc., par J. Chevillard, le fils. *Paris, l'auteur*, 1723, in-12, veau fauve, tr. dor. *Planches.* (*Armoiries.*)

538. Armorial des principales maisons et familles du royaume, particul. celles de Paris et de l'isle de France, par Dubuisson. *Paris*, 1757, 2 vol. in-12, veau marb. (*Blasons. Armoiries.*)

539. Armorial général, ou Registres de la noblesse de France, par d'Hozier. Reproduction textuelle de l'édition originale de 1738-68. *Paris, F. Didot*, 1865-73, 25 vol. in-fol. br.

540. Indicateur nobiliaire, ou Table des noms des familles nobles susceptibles d'être insérées dans le Grand Armorial de d'Hozier. *Paris*, 1818, in-8, demi-rel. ch. gr. (A.)

541. Indicateur du Grand Armorial général de France, par Ch. d'Hozier, publ. par L. Paris. *Paris*, 1865, 2 t. en 1 vol. in-8, demi-rel. chagr. n.

542. Armorial général de la France, par d'Hozier. *Paris, Impr. roy.*, 1821, 2 vol. in-4, demi-rel. (A.)

Premier et deuxième registre.

543. Armorial général d'Hozier, ou Registres de la noblesse de France, continuée par le président d'Hozier et le comte Ch. d'Hozier. *Paris*, 1847, gr. in-8, demi-rel. ch. r. *Armoiries en couleurs.* (A.)

544. Dictionnaire de la Noblesse (par de La Chesnaye-Des-Bois). *Paris, veuve Duchesne*, 1770-1778,

12 vol. — Sommaires détaillés des Généalogies des familles mentionnées dans les tomes XIII, XIV et XV. *Paris, Aubry*, 1863. Ens. 13 vol. in-4, demi-rel. chag. r. (A.), et tomes XIV, XVII et XVIII de la nouv. édit. en 4 parties.

545. Dictionnaire héraldique (par Gastellier de la Tour). *Paris, Lacombe*, 1774, in-12, v. m. (A.)

546. Armorial général de l'Empire français, par H. Simon, graveur. *Paris, l'auteur*, 1812, 2 vol. in-fol. demi-rel. mar. rou. fig. (A.)

547. Armorial des familles nobles de France, par de Saint-Allais. *Paris*, 1817, in-8, demi-rel. *Blasons gravés* (1re *livr.*)

548. Dictionnaire véridique des origines des maisons nobles ou anoblies du royaume de France, par Laîné. *Paris*, 1818, 2 vol. in-8, demi-rel. bas.

549. Dictionnaire universel de la noblesse de France, par de Courcelles. *Paris*, 1820, 2 vol. in-8, demi-rel. maroq. rou. (A.)

550. Dictionnaire universel de la noblesse de France, par de Courcelles. *Paris*, 1820, 5 vol. in-8, demi-rel. v. f. *Pl.* (A.)

551. Armorial général de la Chambre des Pairs de France, par de Courcelles, gravé par Lefèvre. *Paris*, 1822, in-4, demi-rel. v. (A.)

552. Armorial de la Chambre des Comptes dep. l'année 1506, préc. d'un État des officiers de cette cour, par Mlle Denys. *Paris*, 1769, in-8, v. m. (A.)

Bel exemplaire, avec les armoiries coloriées.

553. Archives généalogiques et historiques de la noblesse de France, ou Recueil de preuves, mémoires et notices généalogiques, publiées par Laîné. *Paris*, 1828, 11 vol. in-8, demi-rel. mar. r. *Fig.* (A.)

554. Armorial universel, par Jouffroy d'Eschavannes. *Paris*, *Curmer*, 1844, 2 t. en 1 vol. gr. in-8, demi-rel. ch. n. *Fig. noires et color.* (A.)

555. Armorial historique de la noblesse de France, par de Milleville. *Paris*, 1845, in-4, demi-rel. v. f. *Fig.*

556. Dictionnaire héraldique, par Ch. Grandmaison. *Paris*, *Migne*, 1852, gr. in-8, demi-rel. bas. bl. *Fig.*

557. Album d'armoiries allemandes, par Siebmacher. *Nuremberg*, 1854, 4 part. in-4, cart. *Planches lithogr.*

558. Recueil d'armoiries des maisons nobles de France, par Gourdon de Genouillac. *Paris, Dentu*, 1860, in-18, demi-rel. ch. r. (A.)

559. Armorial du Bourbonnais, par le comte G. de Soultrait. *Moulins, Desrosiers*, 1857, gr. in-8, demi-rel. mar. r. *Fig.* (A.)

560. Armorial de l'ancien duché du Nivernais, par G. de Soultrait. *Paris*, *Didron*, 1847, gr. in-8, demi-rel. chagr. bl. *Fig.* (A.)

561. Généalogie de la maison de Faucigny-Lucinge (par le comte de Courchamp). *S. l.* (vers 1830), in-4, demi-rel. bas. (A.)

562. Histoire généalogique de la maison de La Trémoille, par de S. Marthe. *Paris*, *Piget*, 1668, pet. in-12, demi-rel. v. f. (A.)

563. Le Palais de l'honneur, cont. les généalogies historiques des illustres maisons de Lorraine et de Savoie (par le P. Anselme). *Paris*, *Est. Loyson*, 1663, in-4, v. m. *Pl. d'armoiries*. (A.)

564. Armorial des États de Languedoc, par Gastelier de la Tour. *Paris*, *Vincent*, 1767, in-4, bas. marb. *Fig.* (A.)

565. Nobiliaire du Dauphiné, ou Discours historique des familles nobles qui sont en cette province,

avec le blason de leurs armoiries, par Guy Allard. *A Grenoble, chez Robert Philippes*, 1671, pet. in-12, veau fauve. (*Armes sur les plats*.)

566. Le Parlement de Bourgogne, son origine, son établissement et son progrès, par P. Palliot. *Dijon*, 1649, in-fol. v. br. *Fig.*

567. Continuation de l'Histoire du Parlement de Bourgogne, dep. l'année 1649 jusqu'en 1733, par Fr. Petitot. *Dijon, Ant. Defay*, 1733, in-fol. v. m. *Fig.*

568. L'État de la Provence, contenant ce qu'il y a de plus remarquable dans la Police, dans la Justice, dans l'Eglise et dans la Noblesse de cette province, avec les armes de chaque famille, par l'abbé R. D. B. (Robert de Briançon). *Paris, Aubouin*, 1693, 3 vol. in-12, anc. rel. v. f. *fig.* (A.)

569. Recherches historiques sur la noblesse des citoyens honorés de Perpignan et de Barcelone, connus sous le nom de citoyens-nobles, par l'abbé Caupi. *Paris, Nyon*, 1763-69, 2 vol. in-12, v. m. (A.) (*Piqûre de vers au tome II.*)

570. Livre doré de l'Hôtel de Ville de Nantes. *Nantes, veuve Ant. Marie*, 1750, in-8, bas. m. *Planche et armoiries tirées hors texte.* (A.)

Bel exemplaire.

571. Alliances généalogiques des rois et princes de Gaule, par Cl. Paradin. *Lion, Jan de Tournes*, 1561, in-fol. demi-rel. bas. *fig.* (*Mouillures.*)

572. De la Noblesse, ancienneté, remarques et mérites d'honneur de la troisième maison de France (par Nic. Viguier). *Paris, Abel l'Angelier*, 1587, pet. in-8, mar. rouge, fil., tr. dor. anc. rel. *aux armes d'un prince de la maison de France.*

573. L'Institution de la noblesse, divisée en trois livres. *A Toulouse, par Dominique Bosc, l'an* 1598, in-12, maroq. chagr. rouge, fil. tr. dor. (*Simier.*)

574. Le Tableau des armoiries de France, auquel sont représentées les origines et raisons des armoiries, hérauts d'armes, et des marques de noblesse, par Ph. Moreau Bourdelois. *Paris, Foüet*, 1609, in-8, v. f. (A.)

575. Le Tableau des Armoiries de France, par Philippes Moreau, Bordelois. *Paris, Rolet-Boutonne*, 1630, in-fol. de 72 p. bas. marb. (A.)

576. Tesseræ gentilitiæ a Silvestro Petra sancta S. J. ex legibus Fecialium descriptæ. *Romæ, hæred. Fr. Corbelletti*, 1638, in-fol. v. gr. fig. (*Raccommodages aux derniers ff. Index incomplet à partir de la lettre* C.)

577. Les Présidens au mortier du Parlement de Paris, par Fr. Blanchard. *Paris, Besongne*, 1647, in-fol. v. gr. *Fig.* (A.)

Incomplet du feuillet 475-476.

578. Mémoire concernant les Ducs et Pairs de France, leur origine, dignité, droits, honneurs, fonctions, rangs et prérogatives, avec un recueil par abrégé des anciennes élections, réunions et suppressions... In-fol. demi-rel. bas. r.

Manuscrit de 44 ff. daté de 1659.

579. Traité des nobles et des vertus dont ils sont formés : leurs charge, vocation, rang et degré... par Fr. l'Alouëte. *Paris, Robert Le Manier*, 1677, in-4, v. m. fil. (A.)

580. Gouverneurs, lieutenans de Roy, prévôts des marchands, échevins, procureurs, avocats du Roy, greffiers, receveurs, conseillers et quartiniers de la ville de Paris, blasons gravés par Beaumont. In-fol. v. m. tr. dor.

581. Histoire généalogique et chronologique de la Maison de France, des Pairs, Grands-Officiers de la Couronne, etc., par le P. Anselme, continuée par Dufourny. *Paris, par la Comp. des libraires*, 1726, 9 vol. in-fol. v. gr. *Fig.*

582. La Chambre des Comptes de Paris, où sont les noms, armes et blazons de tous nos seigneurs qui la composent suivant l'ordre de leur réception, par A.-D. Ménard. *Paris*, 1727, in-4, obl. v. gr. *Blasons coloriés*.

583. Abrégé chronol. et hist. de l'origine, du progrès et de l'état actuel de la maison du Roy et de toutes les troupes de France, par Lamoral Le Pippre de Nœufville. *Liége*, 1734, 3 vol. in-4, bas. m. *Vignettes et armoiries*. (A.)

584. Le Grand Théâtre de l'Honneur et de la Noblesse en françois et en anglois, par A. Boyer. *Londres*, 1758, 2 t. en 1 vol. in-4, v. m. *Planches*. (A.)

585. Noblesse (sur la) et l'Art héraldique, 9 vol. rel.

Lettres sur l'origine de la noblesse, 1763. — Origine de la noblesse française, par d'Alès de Corbet. — La Noblesse commerçante, 1756. — Essais sur la noblesse, par Boulainvilliers, 1732. — Essais sur la noblesse, par d'Eschermy, 1814. — Art de composer les livrées, par de Saint-Epain. — Ordres de chevalerie, par Labbée. — Grammaire héraldique.

586. Dictionnaire des ennoblissemens, ou Recueil des Lettres de noblesse (par Dulaure). *Paris, au Palais marchand*, 1788, 2 t. en 1 vol. in-8, mar. r. fil. tr. dor. rel. anc. (A.)

587. Abrégé chronologique d'éditz, déclarations, règlemens, arrestz, etc., concernant le fait de la noblesse (par Chérin). *Paris, Royez*, 1788, in-12, demi-rel. v. r. (A.)

588. Histoire critique de la Noblesse, par Dulaure. *Paris*, 1790, in-8, demi-rel. v.

589. Les Familles françaises, ou Recherches hist. sur l'origine de la noblesse française, par de Laigue. *Paris*, 1818, in-8, demi-rel. ch. r.

590. Histoire généalogique et héraldique des Pairs de France, des grands dignitaires de la Couronne, des principales familles nobles du royaume, et des maisons princières de l'Europe, par de Cour-

celles. *Paris, l'auteur*, 1822-33, 12 vol. in-4, rel. mod. en bas. marb. (A.)

591. Code de la Noblesse française, par le comte de Semainville. *Paris*, 1860, in-8, demi-rel. m. r. (A.)

592. Recueil des statuts, décrets, ordonnances et avis relatifs aux titres nobiliaires et au Conseil du Sceau des titres. *Paris*, 1860, in-12, demi-rel. ch. r. (A.)

593. Lettres d'un paysan gentilhomme relatives aux noms et titres nobiliaires, par de Chergé, 1860.— Catalogue des certificats de noblesse délivrés par Chérin, 1864. — De la Noblesse française en 1861, par un maire de village (le marquis de Belbeuf). Ens. 3 vol. in-8, demi-rel.

594. De la Fausse Noblesse en France, par P. Biston, avocat. *Paris, Aubry*, 1861. *Envoi d'auteur.* — De la Noblesse et de l'application de la loi contre les usurpations nobiliaires, par Pol de Courcy. *Paris, Aubry*, 1850. — Réorganisation de la noblesse. *Paris, Dentu*, 1862. Ens. 3 vol. in-12, demi-rel. b.

595. Institutions militaires de la France avant les armées permanentes, par E. Boutaric. *Paris, Plon*, 1863, in-8, demi-rel. bas. (A.).

596. Catalogue des gentilshommes en 1789 et des familles anoblies ou titrées dep. le premier Empire jusqu'à nos jours, par L. de la Roque et Ed. de Barthélemy. *Paris, Dentu, Aubry*, 1866, 2 vol. in-8, demi-rel. chagr. n. (A.)

597. État militaire de France, 21 vol. in-12, de diverses reliures.

Années 1748, 1763, 1766, 1767, 1770, 1775, 1777, 1778, 1779, 1780, 1781, 1782, 1783, 1784, 1786, 1787, 1788, 1789.

598. Annuaire de la Pairie et de la Noblesse de France et des Maisons souveraines de l'Europe,

par Borel d'Hauterive. *Paris,* 1843-75, 31 vol. in-12, demi-rel. v. bl. (A.)

Les années 18711, 872, 1874 et 1875 sont brochées.

599. État de la Noblesse, par de la Chenaye des Bois. *Paris,* 9 vol. in-12, diverses rel.

1781, 1 vol. — 1782, 5 vol. — 1783, 1 vol. — 1784, 2 vol.

600. Tableau généalogique et historique de la Noblesse, enrichi de gravures, par Waroquier de Combles. *Paris, Nyon,* 5 vol. in-12, v. m. (*Armes sur les plats.*)

Années 1786, 1788, 1789.

601. Étrennes de la noblesse, ou État actuel des familles nobles de France. *Paris,* 2 vol. in-12, veau m. (*Armes sur les plats.*)

Années 1770, 1777.

602. Calendrier des princes et de la noblesse, par de la Chenaye des Bois. *Paris, Duchesne,* 7 vol. in-12, veau et demi-rel. (A.)

Années 1762, 1763, 1764, 1765, 1766, 1767, 1769.

603. Calendrier de la Cour. 5 vol. pet. in-18, mar. tr. dor.

Années 1815, 1819, 1821, 1823 et 1824.

604. Tablettes historiques et généalogiques. — L'Europe vivante et mourante. — Mémorial de la Cour. — État de la marine. — Mémorial chronologique et généalogique. — Ens. 18 vol. in-18, diverses années de 1747 à 1755.

605. Tablettes de Thémis. Contenant la succession chronologique avec le blason des armes des chanceliers, secrétaires d'État, sur-intendans, contrôleurs généraux, présidens, avocats, etc. *Paris,* 1755, 3 part. en 2 vol. in-18, v. m.

606. A. Chassant. Les Nobles et les Vilains du temps passé. — Nobiliana. Curiosités nobiliaires et héraldiques. *Paris, Aubry,* 1857-58, 2 vol. in-12, pap. vergé, demi-rel. mar. rouge, fig. (A.)

607. La Distinction des places en l'Église pour les clercs et pour les laïques, avec un traité des armoiries, par G. Paleote. *Paris, J. Roger,* 1657, 2 part. en 1 vol. pet. in-12, v. f. fil. tr. dor. (A.) *Court de marges.*

608. Bibliothèque héraldique de la France, par J. Guigard. *Paris, Dentu,* 1861, in-8, demi-rel. chag. r. (A.)

609. Le Blason des couleurs, livrées et devises. Livre très-utile pour sçavoir et congnoistre d'une et chacune couleur la vertu et propriété, et la manière de blasonner, et faire livres, devises, et leur blason. Par Sicile, héraut d'armes d'Alphonse d'Arragon. *Paris, pour Antoine Houic,* 1582, pet. in-8, v. fauve, rel. angl. tr. dor. *blasons color.* (*Armoiries.*)

Bel exemplaire de ce livre rare.

610. L'Estat et Comportement des Armes. Livre autant util que nécessaire à tous gentilshommes et officiers d'armes, par Jehan Scohier, Beaumontois. *Bruxelles, Mommart,* 1597, pet. in-fol. bas. marb. fig. (A.)

611. Blason des Armoiries, auquel est monstrée la manière que les anciens et modernes ont usé en icelles, par Hierosme de Bara. *Paris, Rolet Boutonné,* 1628, pet. in-fol. bas. m. *Fig.* (A.) *Le bas du titre a été rogné.*

612. La Science héroïque, traitant de la noblesse, de l'origine des armes, de leur blason et symboles, etc., avec la Généalogie de la maison Rosmadec en Bretagne, par Vulson de la Colombière. *Paris, Séb. Cramoisy,* 1644, in-fol. vél. *Pl.*

613. La Vraye et parfaite Science des armoiries, ou l'Indice armorial de feu maistre L. Geliot, augmentée par P. Palliot. *Paris, J. Guignard,* 1660, in-fol. parch. *Titre et planches gravées.*

Bel exemplaire.

614. L'Art héraldique, contenant la manière d'apprendre facilement le blason (par Playne). *Paris, Osmont,* 1672, in-12, mar. v. fil. tr. dor. armoiries sur les plats. *Blasons coloriés.* (*Derome.*)

615. Traité singulier du blason, cont. les règles des armoiries, par Gilles André de la Roque. *Paris, Séb. M.-Cramoisy,* 1673, in-12, demi-rel. chagr. rou. (A.)

616. Insignium theoria seu operis heraldici pars generalis, auct. Spenero. *Francofurti,* 1717, in-fol. parch. *Pl.*

617. Traité de la noblesse et de toutes ses différentes espèces, édit. augm. du Traité du blason, de l'origine des noms, surnoms, et du ban et de l'arrière-ban. *Rouen,* 1734, in-4, v. m. (A.)

618. Traité historique et moral du blason, par Dupuy-Demportes. *Paris,* 1754, 2 vol. in-12, veau m. (A.)

619. Discours ou Traicté des devises, par Adrian d'Amboise. *Paris, Rolet Boutonné,* 1620, pet. in-8, bas. m. (A.)

620. Devises héroïques et Emblèmes de M. Claude Paradin. *Paris, Rolet Boutonné,* 1621, pet. in-8, bas. m. *Nombr. figures.* (A.)

621. La Philosophie des images énigmatiques, par le P. Menestrier. *Lyon, Lions,* 1694, in-12, bas. fig. (A.)

622. Traité des devises héraldiques, par M. de Combles. *Paris,* 1783, in-12, demi-rel. *Fig.*

---

623. L'Art du blason justifié, ou les Preuves du véritable art du blason, par le P. C.-F. Menestrier. *Lyon, B. Coral,* 1661, pet. in-12, v. f. fil. tr. dor. *Titre et fig. gr.* (A.)

624. Le Véritable Art du blason et la Pratique des armoiries depuis leur institution, par le P. C.-F.

Menestrier. *Lyon, B. Coral,* 1671, pet. in-12, v. f. fil. tr. dor. (A.)

625. Abrégé méthodique des principes héraldiques, ou le Véritable Art du blason, par le P. Menestrier. *Lyon, Amaulry,* 1681, pet. in-12, demi-rel. v. f. fig. (*Thompson.*)

626. La Nouvelle Méthode raisonnée du blason, par le P. Menestrier. *Lyon, Bruyset,* 1754, in-12, v. m. *Fig.* (A.)

627. Nouvelle Méthode raisonnée du blason ou de l'art héraldique, du P. Menestrier, mise dans un meilleur ordre par M. L*** (Lemoine). *Paris,* 1770, in-8, v. m. *Fig.* (A.)

Édition la plus estimée.

628. L'Art des emblesmes, par le P. Menestrier. *Lyon, Benoist Coral,* 1662, in-12, bas. m. fig. (A.)

629. Les Recherches du blason (seconde partie de l'Usage des armoiries), (par le P. Menestrier). *Paris, Est. Michallet,* 1673, pet. in-12, v. f. fil. tr. dor. (A.)

630. Origine des armoiries, par le R. P. Menestrier. *Paris, Amaulry,* 1680, pet. in-12, v. fauve, fil. *Fig.* (A.)

631. Origine des ornemens des armoiries, par le R. P. C.-F. Menestrier. *Paris, Amaulry,* 1680, pet. in-12, v. f. fil. tr. d. *Portr. et blasons gravés.* (A.)

632. Des Diverses Espèces de noblesse, de ses titres et de ses preuves, par le P. Menestrier. *Paris, Amaulry,* 1681, in-12, v. f. *Fig.* (A.)

633. Devises des princes, cavaliers, dames, sçavans et autres personnages illustres de l'Europe, ou la Philosophie des images, par le P. C.-F. Menestrier. *Paris, R. de la Caille,* 1683, 2 vol. in-8, demi-rel. v. f. (A.) (*Piqué de vers.*)

II. ARCHÉOLOGIE.

634. Principes d'archéologie appliqués à l'entretien, la décoration et l'ameublement des églises, par R. Bordeaux. *Caen,* 1852, in-8, demi-rel. ch. r. *Fig.* (A.)

635. Antiquitatum Romanarum corpus absolutissimum, edidit Th. Dempsterus. *Genevæ, P. et J. Chouët,* 1640, in-4, demi-rel. v. f. (A.)

636. Inscriptionum latinarum selectarum amplissima collectio ad illustrandam Romanæ antiquitatis disciplinam, edidit C. Orellius. *Turici,* 1828-56, 3 vol. gr. in-8, demi-rel. ch. n. (A.)

637. Histoire des grands chemins de l'Empire romain, par N. Bergier. *Bruxelles,* 1736, 2 vol. in-4, v. m. *Cartes et fig.* (A.)

638. Sabine, ou Matinée d'une dame romaine à sa toilette, trad. de l'allem. de Boettiger. *Paris, Maradan,* 1813, in-8, demi-rel. ch. n. *Fig.* (A.)

639. Manners and Customs of the Greeks, from the german of Th. Panofka. *London, Newby,* 1849, in-4, cart. *Planches en couleurs.*

640. Dictionnaire des antiquités romaines et grecques, par Rich, trad. de l'angl. par Chéruel. *Paris, F. Didot,* 1861, pet. in-8, demi-rel. chag. n. *Nombr. fig.* (A.)

641. Museum Odescalchum, sive Thesaurus antiquarum gemmarúm. *Romæ,* 1702, 2 tomes en 1 vol. in-fol. v. m. *Planches.*

642. Bulletino degli Annali dell' Instituto di corrispondenza archeologica. *Roma,* 1829-1840, 12 vol. (Manque 1837-1838.) — Annali. 1829-1840, 12 vol. — Ens. 24 vol. in-8, demi-rel. v. *Planches.*

643. Œuvres complètes de Bartolomeo Borghesi, publiées par les ordres et aux frais de l'empereur

Napoléon III. *Paris, Impr. imp.*, 1862-1872, 8 vol. in-4, br.

644. Recherches critiques, historiques et géographiques sur les fragments d'Héron d'Alexandrie, ou du Système métrique égyptien, ouvr. posthume de M. Letronne, revu par H. Vincent. *Paris, Impr. nat.*, 1851, in-4, br. *Cartes.*

645. Voyage archéologique dans l'ancienne Étrurie, par le Dr Dorow, trad. de l'allem. par Eyriès. *Paris, Merlin*, 1829, in-4, demi-rel. b. f. *Planches.* (A.)

646. L'Étrurie et les Étrusques, ou Dix Ans de fouilles, par Noël des Vergers. *Paris, Didot*, 1862, in-8, demi-rel. b. (A.)

647. Pompéi décrite par Ch. Bonucci. — Itinéraire de Rome à Naples, par Vasi. *Naples*, 1831, in-8, parch. *Plan et fig.* (A.)

648. Éléments de paléographie, par N. de Wailly. *Paris, Impr. roy.*, 1838, 2 vol. in-4, demi-rel. ch. n.

649. Dictionnaire des abréviations latines et françaises du moyen âge. — Paléographie des chartes et des manuscrits du XIe au XVIIe siècle. Par Alph. Chassant. *Paris, Aubry*, 1862, 2 vol. in-12, pap. vergé, cart. n. rog. *Pl.*

650. Inscriptions chrétiennes de la Gaule antérieures au VIIIe siècle, annotées par E. Le Blant. *Paris, Impr. imp.*, 1856, 2 vol. in-4, demi-rel. mar. n. 93 *planches.* (A.)

651. Manuel d'Iconographie chrétienne grecque et latine, par Didron. *Paris, Impr. roy.*, 1845, in-8, demi-rel.

652. Le Tombeau de Childéric Ier, roi des Francs, restitué à l'aide de l'archéologie, par l'abbé Cochet. *Paris*, 1859, gr. in-8, demi-rel. m. bl. *Fig.* (A.)

653. Comptes de l'argenterie des Rois de France au XIVe siècle, publ. par L. Douët-d'Arcq, *Paris, Renouard,* 1851, in-8, demi-rel. v. bl.

654. Recherches sur le Culte public et les Mystères de Mithra en Orient et en Occident, par F. Lajard. *Paris, Impr. imp.,* 1867, in-4, demi-rel. chag. r. (A.)

655. Inscriptions assyriennes des briques de Babylone. — Les Écritures cunéiformes, par Ménant. *Paris, Duprat,* 1859, gr. in-8, demi-rel. v. bl. *Pl.*

656. Les Églises de la Terre sainte, par le Cte de Vogüé. *Paris, Didron,* 1860, in-4, demi-rel. m. *Planches.* (A.)

657. Rapport à S. E. le ministre d'État sur les inscriptions assyriennes du British Museum, par J. Ménant. *Paris, Duprat,* 1862, gr. in-8, demi-rel. bas. *Pl.*

658. Handbuch der kirchlichen Kunst-Archäologie des deutschen Mittelalters, von H. Otte, *Leipzig,* 1854, in-8, demi-rel. ch. n. *Nombr. figures.* (A.)

659. Vente du cabinet de feu M. le chevalier Durand. *Paris, Rollin,* 1836, gr. in-8, demi-rel. bas. 5 *planches.*

III. NUMISMATIQUE.

A. Traités généraux.

660. Manuel de numismatique ancienne, par Hennin. *Paris,* 1830, 2 vol. in-8, demi-rel.

661. Traité élémentaire de numismatique ancienne, grecque et romaine, par Gérard Jacob K. *Paris,* 1825, 2 vol. in-8, demi-rel. *Planches.*

662. Synopsis mensurarum et ponderum a Neandro. *Basileæ,* 1555. — Doctrina de ponderibus, a

Daniele Angelocratore. 1617. — De Antiquis Mensuris Hebræorum, a Wasero. 1610. — De Mensuris, a Capello. 1607. — J. Marianæ de Ponderibus. 1599. — De Ponderibus et pretiis veterum nummorum, a Brerewood. 1614. — De Ponderibus, nummis et mensuris, a Capello. 1606. — De Antiquis Numis Hebræorum et Chaldæorum. 1605. — De Re monetaria veterum Romanorum, a Frehero. 1605. — Nicolai Oresmii de Mutationibus monetarum. En 1 vol. pet. in-4, v. f. fig. (A.)

663. G. Budæi de Asse et partibus ejus. *Lugduni, ap. Gryphium*, 1550, in-8, demi-rel. v. f. (A.)

664. Doctrina numorum veterum conscripta a J. Eckhel. *Vindobonæ*, 1792, 8 vol. in-4, demi-rel. mar. bl. (A.)

665. Della Rarità delle monete antiche, da Scotti. *Livorno*, 1821, in-8, parch. (A.)

666. Études numismatiques et archéologiques, par J. Lelewell. Premier volume. Type gaulois ou celtique. *Bruxelles*, 1841, in-8, demi-rel. v. f. et atlas in-4. (A.)

667. Numismatique du moyen âge, par J. Lelewell. *Paris*, 1835, 2 tom. en 1 vol. in-8, demi-rel. v. f. et atlas in-4.

668. Numismatique. 9 vol. in-12, rel.

Traité des monnoies, par Boizard. — Traitez des monnoies, par Poullain. 1709. — La Science des médailles, par Jobert. 1698. — Histoire des médailles, par Patin. 1695. — La Science des médailles. 1692, etc.

669. Numismatique. 15 vol. ou plaquettes, rel.

670. Mes Loisirs, amusemens numismatiques; ouvr. posthume de M. le Cte de Renesse-Breidbach. *Anvers*, 1835, 3 tom. en 2 vol. in-8, demi-rel. v. viol.

671. L'Or et l'Argent, par Wolowski. *Paris, Guillaumin*, 1870, in-8, demi-rel. bas.

672. Catalogue des médailles antiques et modernes du cabinet de M. d'Ennery. *Paris, Impr. de Monsieur*, 1788, in-4, demi-rel. (A.)

673. Description des médailles et des antiquités du cabinet de M. l'abbé H. G*** (Greppo), par J. de Witte. *Paris*, 1856, gr. in-8, demi-rel. ch. r. *Planches*. (A.)

674. Description des médailles du cabinet de M. de Magnoncour, par Ad. de Longpérier. *Paris*, 1840, gr. in-8, demi-rel. v. *Planches*.

675. Catalogue de la grande collection de monnaies et médailles de M. L. Welzl de Wellenheim. *Vienne*, 1844, 2 part. en 1 vol. in-8, demi-rel. bas. v.

B. Numismatique ancienne.

676. Description de médailles antiques, grecques et romaines, avec leur degré de rareté et leur estimation, par T.-E. Mionnet. *Paris*, 1806-1813, 6 vol. — Recueil des planches. 1808, 1 vol. — Supplément. 1819-1837, 9 vol. — Poids des médailles grecques du cabinet royal de France. 1839, 1 vol. Ens. 17 vol. in-8, demi-rel. v. f.

677. Atlas de Géographie numismatique, pour servir à la Description des médailles antiques, par Mionnet. *Paris*, 1838, in-4, demi-rel. bas.

678. De la Rareté et du prix des médailles romaines, par T.-E. Mionnet. *Paris*, 1827, 2 vol. in-8, parch. *Fig*. (A.)

679. Considérations générales sur l'élévation des monnaies grecques et romaines, par Letronne. *Paris, Didot*, 1817, in-4, demi-rel. bas.

680. Nummi antiqui familiarum romanarum, per J. Vaillant. *Amstelod.*, 1703, 2 vol. pet. in-fol. v. m.

681. Thesaurus Morellianus, sive familiarum romanarum numismata omnia. *Amstelædami, Wetstenius*, 1734, 2 vol. in-fol. v. f. dent. dont 1 *de planches*.

682. Nummi aliquot ærei unciales e museo Cardinalis Zelaæ, in-4, demi-rel. 38 *pl.* (*Le titre manque.*)

683. Descrizione della serie Consolare del museo di C. d'Ottavio Fontana. *Firenze*, 1827. — Descrizione degli Stateri antichi illustr. con le medaglie, per D. Sestini. *Firenze*, 1817. Ens. 2 vol. in-4, demi-rel. *Pl.*

684. Imperatorum romanorum numismatum series a J. Cæsare ad Rudolphum II, per Levinum Halsium. *Francof.*, 1603, pet. in-8, v. f. fil. tr. dor. anc. rel. *Fig.*

685. Saggio di osservazioni sulle medaglie di famiglie romane ritrovate in tre antichi ripostigli dell' agro modonese. *Modena*, 1829, in-8, demi-rel. v. f.

686. L'Aes grave del museo kircheriano, ovvero le monete primitive de' popoli dell' Italia media, per G. Marchi et Tessieri. *Roma*, 1839, in-4, demi-rel. v. bl. *Planches.*

687. Le Monete delle antiche famiglie di Roma fino allo imperadore Augusto, per G. Riccio. *Napoli*, 1843, 72 *planches*. — Repertorio, ossia Descrizione e tassa delle monete di città antiche, per G. Riccio. *Napoli*, 1852, *pl.* En 1 vol. in-4, demi-rel. ch. r. (A.)

688. Description générale des monnaies de la République romaine, communément appelées Médailles consulaires, par H. Cohen. *Paris, Rollin*, 1857, in-4, demi-rel. mar. v. (A.) *Envoi d'auteur.*

689. Description historique des monnaies frappées sous l'Empire romain, communément appelées Médailles impériales, par H. Cohen. *Paris, Rollin*, 1859-68, 7 vol. in-4, demi-rel. mar. vert. *Planches.* (A.)

690. Repertorio numismatico per conoscere qualunque moneta greca tanto urbica che dei Re, da Fr. de' Domenicis. *Napoli*, 1826, 2 vol. in-4, demi-rel. parch.

691. Fred. Gronovii de Sestertiis seu subsecivorum pecuniæ veteris græcæ et romanæ. *Amstelod.*, 1656, in-12, demi-rel. v. f. (A.)

692. Musæi Hedervarii in Hungaria numos antiquos græcos et latinos descripsit Michael a Wiczay. *Vindobonæ*, 1814, 2 vol. in-4, demi-rel. bas. *Planches*. (A.)

693. Description du musée de feu le prince Basile Kotschoubey d'après son catalogue manuscrit, et Recherches sur l'histoire et la numismatique des colonies grecques en Russie, etc. *Saint-Pétersbourg*, 1857, 2 vol. gr. in-4, cart. *Planches*.

694. Essai sur la Numismatique des Satrapies et de la Phénicie sous les rois Achæménides, par de Luynes. *Paris, F. Didot*, 1846, 2 vol. in-4, cart. *Pl.*

---

695. Declaracion del valor de la plata, ley, y peso de las monedas antiguas de plata ligada de Castilla y Aragon, por Gonzalez de Castro. *Madrid, Diaz de la Carrera*, 1658, in-4, demi-rel. v. f. *Fig.*

696. Description des monnaies espagnoles et des monnaies étrangères qui ont cours en Espagne, composant le cabinet de don José Garcia de la Torre, par J. Gaillard. *Madrid*, 1852, in-8, demi-rel. v. v. *Planches*.

697. The Coins of England from the earliest period, by Humphreys. *London, Longman, s. d.*, in-8, tr. dor. *Fig. en couleurs*.

698. The numismatic Journal, edited by Yonge Akermann. *London, Wilson*, 1836-38, 2 vol. — The numismatic Chronicle, edited by Akermann.

London, 1838-40, 2 vol. Ens. 4 vol. in-8, demi-rel. v. f. *Fig.*

699. Blätter für Münzkunde. Hannoversche numismatiche Zeitschrift. Journal numismatique de Hanovre. Herausg. vom H. Grote. *Leipzig*, 1835-37, 3 années en 1 vol. in-4, demi-rel. v. f. *Planches.*

700. Gotha numaria, sistens thesauri Fridericiani numismata antiqua, auct. Liebe. *Amstel.*, *Wetstenius*, 1730, in-fol. v. m. *Fig.*

701. Histoire métallique de la République de Hollande, par Bizot. *Amsterdam*, *P. Mortier*, 1688, 2 vol. in-8, v. *Planches.* (A.)

702. Histoire numismatique de l'évêché et principauté de Liége, par le comte de Renesse-Breidbach. *Bruxelles*, 1831, in-8, demi-rel. v. f. 78 *pl.*

703. Histoire de la souveraineté de 'S Heerenberg, par A. Serrure. *La Haye*, *Nijhof*, 1860, in-4, br. *Planches.*

704. Numismata Cimelii Cæsarei Regii Austriaci. *Vindobonæ*, 1755, gr. in-fol. demi-rel. parch. *Planches.*

705. Description générale des médaillons contorniates, par J. Sabatier. *Paris*, 1860, in-4, demi-rel. b. r. 19 *planches.* (A.)

706. Recherches sur les monnaies frappées dans l'île de Rhodes, par les grands maîtres de l'ordre, trad. de l'allem. par V. Langlois. *Paris*, 1855, in-4, demi-rel. b. *Pl.*

707. Numismatique de l'Arménie au moyen âge, par V. Langlois. *Paris*, *Rollin*, 1855, in-4, demi-rel. bas. *Pl.* (A.)

708. Essai de classification des suites monétaires byzantines, par de Saulcy. *Metz*, 1836, in-8, demi-rel. mar. n. (A.)

709. Mélanges de numismatique et d'histoire, ou Correspondance sur les médailles et monnaies des empereurs d'Orient, des princes croisés d'Asie, etc., par Marchant. *Paris,* 1818, in-8, demi-rel. v. f. *Fig.*

710. Numismatique des croisades, par F. de Saulcy. *Paris, Rollin,* 1847, in-4, demi-rel. ch. vert. *Planches sur chine.* (A.)

C. Numismatique française.

711. La France métallique, contenant les actions célèbres des Rois et des Reines, par Jacques de Bie. *Paris, Camusat,* 1636, in-fol. v. *Pl.* (A.)

712. Études et Recherches historiques sur les monnaies de France, par M. Berry. *Paris, Dumoulin,* 1852, 2 vol. in-8, br. *et atlas.*

713. Traité des monnoies et de la jurisdiction de la Cour des monnoies en forme de dictionnaire, par Abot de Bazinghen. *Paris,* 1764, 2 vol. in-4, v. gr. (A.)

714. Le Denier royal, traité curieux de l'or et de l'argent, par Scipion de Gramont, sieur de Sainct-Germain. *Paris, Toussainct du Bray,* 1620, pet. in-8, demi-rel. v. f. (A.)

715. Recueil d'ordonnances, édicts et discours concernant les monnaies, publiés au XVIe et au XVIIe siècle. 1 vol. in-12, v. m. (A.)

716. Recherches curieuses des monnoies de France, par Claude Bouterouë. *Paris, Séb. Cramoisy,* 1666, in-fol. v. ant. dent. fig. (A.)

717. Traité historique des monnoies de France, suivi de la Dissertation sur quelques monnoies de Charlemagne, par Le Blanc. *Amst., P. Mortier,* 1692, in-4, vél. *Planches.*

718. Notice des monnaies françaises, comp. la collection de J. Rousseau, par Ad. de Longpérier. *Paris*, 1847, in-8, demi-rel. v. vert. *Planches*.

719. Considérations sur les monnaies de France, par B. Fillon. *Fontenay-Vendée*, 1851. — Lettres à M. Dugast-Matifeux sur quelques monnaies françaises inédites, par le même. *Paris, Dumoulin*, 1853. Ens. 2 vol. in-8, demi-rel. ch. v. *Fig*. (A.)

720. Histoire de la monnaie jusqu'au règne de Charlemagne, par le marquis Garnier. *Paris*, 1819, 2 vol. in-8, br.

721. Marquis de Lagoy. Essai de monographie d'une série de médailles gauloises, d'argent. *Aix*, 1847, in-4. — Recherches numismatiques sur l'armement et les instruments de guerre des Gaulois. *Aix*, 1849, in-4. — Mélanges de quelques médailles arsacides et gauloises. 1855, in-8. Ens. 3 vol. demi-rel. v. bl. *Fig*. (A.)

722. Description des médailles gauloises de la Bibliothèque royale, par Duchalais. *Paris, Rollin*, 1846, in-8, demi-rel. *Fig*.

723. Numismatique des chefs gaulois mentionnés dans les Commentaires de César, par de Saulcy. *Paris*, 1867, in-8, demi-rel. bas. f. *Fig*.

724. Essai sur la numismatique gauloise du nord-ouest de la France, par Éd. Lambert. *Bayeux*, 1844, in-4, demi-rel. v. v. *Pl. Envoi d'auteur au baron Walckenaer*.

725. Monétaires des rois mérovingiens. Recueil de 920 monnaies en 62 planches avec leur explication (par Conbrouse). *Paris*, 1843, in-4, demi-rel. ch. r. (A.)

726. Recherches sur l'explication des monogrammes de quelques médailles inédites (empire d'Occident, époque mérovingienne), par le marquis de Lagoy. *Aix*, 1856. — Description de quelques

monnaies mérovingiennes découvertes en Provence, par le marquis de Lagoy. *Aix*, 1839. Ens. 2 plaq. in-4, demi-rel. b. *Pl.*

727. Décaméron numismatique (par Conbrouse). *Paris, impr. Fournier*, 1844, in-4, demi-rel. ch. rouge. (A.)

Tiré à 109 exemplaires.

728. Traité des monnoies des barons, par Tobiésen Duby. *Paris, Impr. roy.*, 1790, 2 vol. — Recueil général des pièces obsidionales et de nécessité, par Tobiésen Duby. *Paris*, 1786, 1 vol. Ens. 3 vol. in-4, demi-rel. v. *Planches*.

Exemplaire sur papier de Hollande, avec notes marginales manuscrites.

729. Description des monnaies seigneuriales françaises composant la collection de M. F. Poey d'Avant. Essai de classification, par Poey d'Avant. *Fontenay-Vendée*, 1853, in-4, demi-rel. ch. vert. *Planches*.

730. Monnaies féodales françaises, décrites par B. Fillon, collection Rousseau. *Paris*, 1860, in-8, demi-rel. ch. n. fig. (A.)

731. Description complète et raisonnée des monnaies de la deuxième race royale de France, par Fougères et Conbrouse. *Paris*, 1837, in-4, demi-rel. ch. rouge. *Cartes et planches* (*tiré à* 100 *ex.*)

732. Les Familles de la France, illustrées par les monumens des médailles anciennes et modernes, par J. de Bie. *Paris, Camusat*, 1636, in-fol. bas. marb. *Planches*. (A.)

733. Histoire du roy Louis le Grand, par les médailles, emblèmes, devises, etc., par le P. Menestrier. *Paris*, 1689, in-fol. v. m. *Pl.* (A.)

734. Médailles du règne de Louis XV, par Godonnesche. Pet. in-fol. v. m. *Pl.* (A.)

735. Histoire numismatique de la Révolution fran-

çaise, par Hennin. *Paris, Merlin,* 1826, 2 vol. in-4, demi-rel. v. f. *Planches.*

736. Souvenirs numismatiques de la révolution de 1848 (par de Saulcy). *Paris, Rousseau,* in-4, demi-rel. ch. n. *fig.* (A.)

737. Lettres sur l'histoire monétaire de la Normandie et du Perche, par Lecointre-Dupont. *Paris, Dumoulin,* 1846, in-8, demi-rel. v. bl. *Pl.* (A.)

738. Recherches sur les anciennes monnoies du comté de Bourgogne (par dom Grappin). *Paris, Nyon,* 1782, in-8, demi-rel. v. bl.

739. Essai sur les monnaies des ducs de Bourgogne, par A. de Barthélemy. In-4, demi-rel. *Planches.*

740. Essai sur la numismatique bourbonnaise, par le comte G. de Soultrait. *Paris, Rollin,* 1858, in-8, demi-rel. mar. r. *Fig.* (A.)

741. Histoire monétaire et philologique du Berry, par Pierquin de Gembloux. *Bourges,* 1840, in-4, demi-rel. mar. r. n. rog. *Planches.* (*Tome Ier seul publié.*)

742. Description des monnaies mérovingiennes du Limousin, par Deloche. *Paris, Rollin,* 1863, in-8, chag. r. *Fig.* (A.)

743. Études numismatiques sur une partie du Nord-Est de la France, par C. Robert. *Metz,* 1852, in-4, demi-rel. ch. rouge. *Planches.*

744. Numismatique de Cambrai, par C. Robert. *Paris, Rollin,* 1861, in-4, demi-rel. mar. rouge. 56 *planches.* (A.)

745. Recherches sur les monnaies et les jetons des maîtres-échevins et description de jetons divers, par C. Robert. *Metz,* 1853, in-4, demi-rel. ch. r. *Planches.*

746. F. de Saulcy. Monnaies des évêques de Metz. — Supplément aux recherches sur les monnaies des évêques de Metz. 1835. — Note sur quelques monnaies inédites du moyen âge. *Caen*, 1833. — Observations numismatiques (4 n^{os}). En 1 vol. in-8, demi-rel. v. f. *Planches.*

747. Monnaies inconnues des Évêques des Innocents, des Fous et d'autres associations singulières du même temps, décrites par MM. J. R., d'Amiens. *Paris, Merlin*, 1837, in-8, demi-rel. v. vert. 46 *planches.*

748. Collection de plombs historiés trouvés dans la Seine et recueillis par A. Forgeais. *Paris, Aubry*, 1858-1865, 5 vol. in-8, (2 demi-rel. et 3 br.) *Fig.*

749. Revue de la numismatique française, dirigée par E. Cartier et L. de La Saussaye, continuée par J. de Witte et Ad. de Longpérier. *Blois et Paris*, 1836 à 1869 inclus. 21 vol. dont un de tables. — Nouvelle série, 13 vol. — Troisième série, 3 vol. Ens. 37 vol. in-8, demi-rel. chag. vert. *Planches.*

D. Sceaux. — Jetons.

750. Heinecii de veteribus Germanorum aliarumque nationum Sigillis. *Francof. et Lipsiæ*, 1719, in-fol. parch. *Fig.*

751. Austria ex archivis mellicensibus illustrata, edidit Philibertus Hueber. *Lipsiæ*, 1722, in-fol. v. m. *Planches.*

Exemplaire du chancelier d'Aguesseau.

752. Specimen decadem Sigillorum complexum quibus historiam Italiæ, Galliæ atque Germaniæ, illustrat Glafey. *Lipsiæ*, 1749, in-4, b. m. *Fig.* (A.)

753. Notice sur les sceaux du cabinet de Mme Febvre, de Mâcon, par le comte G. de Soultrait. *Paris*, 1854, in-8, demi-rel. ch. n. *Fig. d. le texte.* (A.)

754. Recueil des sceaux du moyen âge, dits sceaux gothiques. *Paris, Boudet,* 1779, in-4, demi-rel. v. vert. *Planches.*

755. Inventaire des sceaux de la Flandre recueillis dans les dépôts d'archives, musées et collections du département du Nord, par G. Demay. *Paris, Impr. nat.,* 1873, 2 vol. in-4, demi-rel. chag. n. *Planches photographiées.* (A.)

756. Sigillographie de Toul, par Ch. Robert. *Paris, Rollin,* 1868, in-4, demi-rel. mar. rou. *Planches.* (A.)

757. Histoire du jeton au moyen âge, par Rouyer et Hucher. *Paris, Rollin,* 1858, gr. in-8, demi-rel. ch. r. *Fig.* (1re partie.)

758. Manuel de l'amateur de jetons, par J. de Fontenay. *Paris, Dumoulin,* 1854, in-8, demi-rel. ch. r. *Nombr. fig.* (A.)

759. Nouvelle Étude de jetons, par de Fontenay. *Autun,* 1850, in-8, demi-rel. ch. r. *Fig.* (A.)

760. Jetons de nos rois. In-8, v. f. (A.)

Manuscrit daté de 1689.

761. Les Libertés de la Bourgogne d'après les jetons de ses États, par Rossignol. *Autun,* 1851, in-8, demi-rel. v. bl. *Fig.* (A.)

IV. HISTOIRE LITTÉRAIRE.

762. Histoire littéraire de la France, par des religieux bénédictins de la Congrégation de S.-Maur et continuée par des membres de l'Institut. *Paris,* 1733-1869, 26 vol. in-4, demi-rel. bas. marb. (A.) (*Les 2 dern. vol. br. et cart.*)

763. Histoire littéraire de la France au XIVe siècle, par V. Le Clerc et E. Renan. *Paris, Lévy,* 1865, 2 vol. gr. in-8, demi-rel. v. f.

764. Bibliothèque françoise, ou Histoire de la littérature françoise, par l'abbé Goujet. *Paris, Mariette*, 1741-1756, 18 vol. in-12, v. m.

765. Origines littéraires de la France, par L. Moland. *Paris, Didier*, 1862, in-8, demi-rel. ch. bl. (A.)

766. Notices et extraits des manuscrits contenant l'Histoire ou la Littérature de la France qui sont conservés dans les bibliothèques ou archives de Danemark et de Norwége, par A. Geffroy. *Paris, Impr. imp.*, 1855, in-8, demi-rel. m. n. (A.)

767. Histoire de la littérature française au moyen âge (formation de la langue), par Ampère. *Paris*, 1861, in-8, demi-rel. b. bl.

768. Les Épopées françaises, études sur les origines et l'histoire de la littérature nationale, par L. Gautier. *Paris, Palmé*, 1867, gr. in-8, demi-rel. m. n. (A.)

IIe vol. compr. les Légendes et Héros des Épopées françaises.

769. Essai sur l'origine de l'Épopée française et sur son histoire au moyen âge, par Ch. d'Héricault. *Paris, Franck*, 1859, in-8, demi-rel. b.

770. Die Biographieen der Troubadours, in provenzalischer Sprache, herausg. von Mahn. *Berlin*, 1853, in-12, demi-rel.

771. Leben und Werke der Troubadours, von Fr. Diez. *Zwickau*, 1829, in-8, cart.

772. Untersuchungen zur Geschichte der teutschen Heldensage, von J. Mone. *Leipzig*, 1836, in-8, demi-rel. mar. r. (A.)

773. Les Trouvères de la Flandre, du Tournaisis et Artésiens, par A. Dinaux. *Paris, Techener*, 1839-1843, 2 vol. in-8, demi-rel. m. r. (A.)

773 *bis*. Histoire littéraire des Troubadours (par l'abbé Millot). *Paris*, 1774, 3 vol. in-12, v. m. (A.)

774. Les Troubadours et leur influence sur la littérature du midi de l'Europe, par E. Baret. *Paris, Didier*, 1867, in-12, demi-rel. chag. n. (A.)

775. Tableau de la littérature du Nord au moyen âge, par Eichhoff. *Paris, Didier*, 1857, in-8, demi-rel. ch. br. (A.)

776. Histoire de la littérature allemande, par Heinrich. *Paris, Franck*, 1870, 2 vol. in-8, br.

V. BIOGRAPHIE.

777. Nouvelle Biographie générale publiée sous la direction de M. Hoefer. *Paris, F. Didot*, 1857-66, 46 tomes en 23 vol. in-8, demi-rel. ch. vert. (Tomes 1 à 42.)

778. Le Vite de' più celebri poeti provenzali scritte in lingua franzese da G. di Nostradama e trasportate nella toscana di Crescimbeni. *Roma*, 1710, in-4, parch.

779. Alde Manuce et l'Hellénisme à Venise, par A.-F. Didot. *Paris, Didot*, 1875, in-8, br. *Portr.*

780. Marguerite d'Angoulême (sœur de François Ier). Son livre de dépenses (1540-1549). *Paris, Aubry*, 1862, pet. in-8, pap. vergé, demi-rel. maroq. rouge. *Portr.* (A.)

781. Abraham Du Quesne et la marine de son temps, par A. Jal. *Paris, Plon*, 1873, 2 vol. gr. in-8, demi-rel. ch. n. (A.)

782. Histoire de Mme de Sévigné, de sa famille et de ses amis, par Aubenas. *Paris*, 1842, in-8, demi-rel. mar. n.

783. Marie-Anne-Charlotte de Corday d'Armont, sa vie, son temps, par Chéron de Villiers. *Paris, Amyot*, 1865, gr. in-8, br. *Portrait.*

Papier de Hollande.

784. Marie-Anne-Charlotte de Corday d'Armont, sa vie, son temps, ses écrits, sa mort, par Chéron de Villiers. *Paris*, *Amyot*, 1865, in-4, mar. bl. tête dorée, n. rog. *Planches*. (A.)

785. Mme Swetchine, sa vie et ses œuvres, publiées par le comte de Falloux. *Paris, Vaton*, 1860, 2 vol. — Nouvelles lettres publ. par le marquis de La Grange, 1875. — Correspondance du R. P. Lacordaire et de Mme Swetchine, publ. par de Falloux. *Paris*, *Didier*, 1872. — Lettres inédites de Mme Swetchine. *Paris, Didier*, 1866. Ens. 3 vol. in-8, demi-rel. mar. bl. et 2 vol. br.

786. Vie de M. Olier, fondateur du séminaire de Saint-Sulpice. *Paris*, 1841, 2 vol. in-8, demi-rel. v. f. *Pl.*

787. Vie du R. P. Joseph Barrelle, de la Compagnie de Jésus, par L. de Chazournes. *Paris, Plon*, 1868, 2 vol. in-8, demi-rel. ch. n. *Portr. et facsimile*. (A.)

788. Nécrologie de l'Abbaye de Notre-Dame de Port-Royal des Champs, ordre de Cîteaux. *Amsterdam*, 1723, in-4, demi-rel. v.

789. Dictionnaire universel des Contemporains, par Vapereau. *Paris, Hachette*, 1858, gr. in-8, demi-rel. ch. n.

790. Le Sénat, documents historiques sur les membres du premier grand corps de l'État, par L. Tisseron. *Paris*, 1860, 2 t. en 1 vol. gr. in-8, demi-rel. v. m.

VI. IMPRIMERIE. — BIBLIOGRAPHIE.

791. Histoire de l'Imprimerie, par P. Lacroix et F. Seré. *Paris, Delahays*, *s. d.*, gr. in-8, demi-rel. bas. f. *Pl.*

792. Histoire de l'Imprimerie royale du Louvre, par A. Bernard. *Paris, Impr. imp.*, 1867, in-8, demi-rel. v. ant. (A.)

793. Histoire de l'Imprimerie impériale de France, par Duprat. *Paris, Impr. imp.*, 1861, in-8, demi-rel. chag. r. (A.)

794. Histoire de l'Imprimerie et de la Librairie (par J. de La Caille). *Paris, l'auteur*, 1689, in-4, v. m. (A.)

795. Les Manuscrits françois de la Bibliothèque du Roi, leur histoire et celle des textes allemands, anglois, hollandois, italiens, espagnols, de la même collection, par P. Paris. *Paris, Techener*, 1836, 6 vol. in-8, demi-rel. v. bl.

796. Description des manuscrits français du moyen âge de la Bibliothèque royale de Copenhague, par Abrahams. *Copenhague*, 1844, in-4, demi-rel. ch. rouge, *fac-simile*. (A.)

797. Catalogue des manuscrits de la Bibliothèque d'Angers, par A. Lemarchand. *Angers*, 1863, in-8, demi-rel. b. (A.)

798. Histoire du Dépôt des Archives des Affaires Etrangères, par A. Baschet. *Paris, Plon*, 1875, in-8, br. *Portraits.*

799. Les Archives de la France, par le marquis de Laborde. *Paris, veuve Renouard*, 1867, in-12, demi-rel. d. et c. maroq. bl. t. d. n. rog.

800. Catalogue général des Cartulaires des Archives départementales. *Paris, Impr. roy.*, 1847, in-4, demi-rel. bas. f. (A.)

801. Tableau général numérique par fonds des Archives départementales antérieures à 1790. *Paris, Impr. nat.*, 1848, in-4, demi-rel. bas. f. (A.)

802. Bibliothèque historique de la France, contenant le catalogue des ouvrages imprimés et manuscrits qui traitent de l'histoire de ce royaume ou qui y ont rapport, par J. Le Long; nouv. édit. revue par Fevret de Fontette. *Paris, Hérissant*, 1768, 5 vol. in-fol. v. m.

Le tome Ier aux armes du président Lamoignon, les trois suivants aux armes de France, et le dernier sans armes.

803. Manuel du libraire et de l'amateur de livres, par J.-Ch. Brunet. *Paris, Silvestre*, 1842, 5 vol. gr. in-8, demi-rel. d. et c. mar. r. tête dorée, n. rog. (A.)

804. Bibliografia dei romanzi e poemi cavallereschi italiani. *Milano, Tosi*, 1838, in-8, demi-rel. ch. v. *Portr.* (A.)

805. Tables généalogiques des Héros des Romans; avec un catalogue des principaux ouvrages en ce genre. *Londres, Edwards, s. d.*, pet. in-4, d. et c. mar. vert, tête dorée, n. rog.

806. Notice bibliographique sur les cartes à jouer (par G. Brunet). *Paris, Techener*, 1842, in-8, demi-rel. v. f. (A.)

807. Recherches sur Jean Grolier, sur sa vie et sa bibliothèque, par Le Roux de Lincy. *Paris, Potier*, 1866, gr. in-8, demi-rel. ch. rou. (A.)

808. Catalogue des livres de la biblioth. de feu M. de Selle, trésorier général de la marine. *Paris, Barrois*, 1761, *prix ms.* — Catalogue de la bibliothèque de Guyon de Sardière. *Paris, Barrois*, 1769. En 1 vol. in-8, v. m. (A.)

809. Catalogue de la bibliothèque de M. N. Yéméniz, notice par Le Roux de Lincy. *Paris*, 1867, gr. in-8, demi-rel. mar. rouge. (A.)

810. Catalogue des livres composant la bibliothèque poétique de M. Viollet-le-Duc, avec

des notes bibliogr., biogr. et littér., pour servir à l'histoire de la poésie en France. *Paris, Hachette*, 1843-47, 2 part. en 1 vol. in-8, demi-rel. mar. r. (A.)

811. Catalogue des livres composant la bibliothèque de la ville de Bordeaux. *Paris, Impr. roy.*, 1830-42, 6 vol. in-8, pap. vergé, cart.

812. Catalogue de la bibliothèque du Sénat. *Paris*, 1868, gr. in-8, cart.

VII. RECUEILS PÉRIODIQUES. — COLLECTIONS.

813. Histoire de l'Académie royale des Inscriptions et Belles Lettres. *Paris, Impr. roy.*, 1736-1751, 17 vol. in-4, v. m.

814. Mémoires de l'Institut. 50 vol. in-4, br. et cart.

815. Revue des Sociétés savantes des départements. *Paris, Dupont*, 1856-1875, 30 vol. in-8, demi-rel. et livraisons.

816. Bulletin du comité historique des arts et monuments. *Paris, Impr. roy.*, 1840-1852, 10 vol. — Bulletin du comité de la langue, de l'histoire et des arts de la France. 1852-1857, 4 vol. Ens. 14 vol. in-8, demi-rel. veau fau.

817. Archives des missions scientifiques et littéraires. *Paris, Impr. imp.*, 1850-1858 (1e s^e^); 7 vol. (2e s^e^), 1864-1868, 5 vol. Ens. 12 vol. in-8, demi-rel. bas. bl. *Cartes et planches.* (A.)

818. Mémoires lus à la Sorbonne dans les séances du Comité des Travaux historiques. *Paris, Impr. imp.*, 1861-69, 9 vol. in-8, demi-rel., et 2 vol. br.

819. Annales encyclopédiques, par L. Millin. *Paris,*

1817, 6 tomes en 3 vol. in-8, demi-rel. bas. *Planches noires et coloriées.*

820. Almanach des Spectacles de Paris. 19 vol. in-18, v. et mar.

Années 1766, 1767, 1771, 1772, 1774, 1778, 1779, 1780, 1783 à 1790, 1792, 1793 et 1815.

TABLE DES DIVISIONS.

PARALIPOMÈNES HISTORIQUES.

FIN DE LA TABLE DES DIVISIONS.

Paris. — Typographie Georges Chamerot, rue des Saints-Pères, 19.

RED. : 17

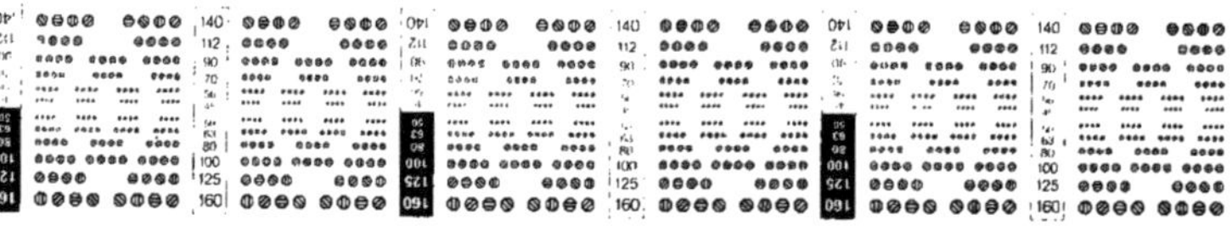

37989/0
graphicom

MIRE ISO N° 1
NF Z 43-007
AFNOR
Cedex 7 - 92080 PARIS-LA-DÉFENSE

www.ingramcontent.com/pod-product-compliance
Ingram Content Group UK Ltd.
Pitfield, Milton Keynes, MK11 3LW, UK
UKHW020926180726
13838UKWH00002B/785